夜莺

# 蒲公英的约定

[日] 中田永一 著

古 月 译

中国友谊出版公司

# 目录

Contents

# 序 章

## 二〇一九

下野莲司看了看手表，确认日期发生了改变。二〇一九年十月二十一日零点。有条从车站延伸出来的人行道，中途经过一座喷泉，他坐在喷泉旁的长椅上等待出发的瞬间。路灯洒下柔柔的光，有白色的绒毛被风吹到脚边。光线太过昏暗，而此刻天空中应该还飘荡着无数白色蒲公英的绒毛。估计是某个地方生长着大片蒲公英，这些绒毛就是从那里飞过来的。这种现象并不符合季节规律，专家猜测是受到了异常气象的影响，二十年前也曾经发生过同样的现象。远处传来警车的鸣笛声。似乎正在追赶着某辆乱闯红灯的车子，大喇叭里发出要车主停车的命令。他从西装口袋里掏出一张纸片。只要扭动一下身体，就会扯到贴在肚子上的胶布，感觉有点疼。这张纸片是小学时用过的笔记本的一角，上面写满了潦草的文字。由于被反复阅读过，纸片变得皱巴巴的。

2019-10-21 0:04

在长椅上等待

警车的鸣笛声

狗吠三次

从背后被人袭击

我看了一眼手表，现在是零点三分，距离纸片上所写的时间还差十几秒。警车的鸣笛声越来越远，逐渐听不到了。这一次，不知从何处传来狗叫声。正如纸片上所写的那样，一次、两次……近来这一带不怎么能见到流浪狗，肯定是哪户人家豢养的家犬吧，附近或许有深夜里带着狗出来散步的人。还差一次……等第三次狗叫声响起，周围重归寂静。我并不是没有怀疑过，但事实确实如此，我松了一口气。如果不是纸片上所写的那样呢？我心中隐约透出一丝不安。我感觉有人正在靠近，身后传来他放缓脚步靠近我的呼吸声。接下来，就是袭击莲司头部的人，应该是三个年轻人，他们的目标是钱。这我已经事先知晓，虽然纸片上写得没那么详尽，但我曾经从目击全过程的人口中听到前后因果。我和那三个人没有深仇大恨，今晚会在这里被他们盯上，完全是出于偶然。那三个年轻人经过这个地方，看到在长椅上坐着的下野莲司毫无防备，便下手了。

其中一人手持棒状武器从背后靠近，给了莲司后脑勺一击。大脑仿佛受到了剧烈的撞击，莲司从长椅上瘫倒下来，失去了意识。他们从莲司手上摘下手表，又在西装口袋里不停摸索。当他们找到钱包将其掏出来的时候，不知从哪里传来了叫声，说不定会招来警察，三个人立刻从那里逃走了。

倒在长椅边的下野莲司已经不省人事，手中的纸片随风滑向地面，不知飘向了何方。

# 第一章

## 二〇一九

醒来后，一时间我的脑袋还是昏沉沉的。我盯着透过窗帘缝射进来的光线，突然想到，这是哪里呢？我大概睡了多久呢？眼前是陌生房间的床，空气中还弥漫着膏药的味道。从房间的构造来看，这里应该是病房。刚要起身，后脑勺传来阵阵剧痛。脑袋上缠着绷带，全身又酸又沉。我忍着脑袋上的疼痛，坐回到床上。我回想起最后的记忆，恐怕自己是晕过去了，然后不知被谁带来了医院。那之后的比赛怎么样了呢？击球手击出的球朝着自己飞过来，我清晰回想起当时的瞬间。白色的球就在眼前，我急忙想用手套去接，可是已经来不及了。我离开后，是谁接替了我的位置呢？球明明是从前方打过来的，感到疼痛的却是后脑勺，这真是太奇怪了，或许是我摔倒时不小心撞到了地面。我想向教练和队友们道歉，好不容易迎来的练习赛，我却没能和大家一起奋战到最后。我看了看出现在视线一角的自己的手臂和胸口，发现了一件奇怪的事情。如果是在棒球比赛中途被送来医院，那我应该还穿着平时的棒球队服，可现在套在手臂上的却是白色的衬衫。这是我从未见过的衣服，下半身竟然是搭配衬衫的深蓝色西装裤。

我站起来想要确认全身的状况。双脚踩在冰凉的地板上，伸展自己的身体，视野越来越宽。一阵强烈的不协调感袭来，我不得不中途抱住床侧。站起来的时候，眼睛的位置要比平时高，让人不由得产生"要掉下来！"的错觉。

我隐约听见门外有声音传来，是护士打开病房的门，探出头来。

"你醒了，真是太好了。不过，还需要静养。"护士走到我身边。

"您的名字是？"

"我叫下野，下野莲司……"

由于刚醒过来的缘故，我的声音听上去有些模糊。

"那个，教练呢？比赛怎么样了？"

护士一脸惊讶。她手腕上的手表指向十点五十分。

"我得回学校了。"

比赛估计已经结束了，但队友们应该都还在场上。

"不行。脑部 CT 检查虽然没问题，但为保险起见，你今天还需要静养，再观察观察情况。听说下午会有警察过来问话。"

警察？为什么？比起这个，有件事让我更在意：护士的身高只到我的胸口。明明是成年女性，可我感觉整个世界都缩小了。不，难道是我变大了？

"这、这是怎么了？"

我确认了自己的双手，手指比记忆中的要长，且骨节分明。

"你没事吧？"护士担心地看着我。房间的角落里有面镜子，我晃荡着身体走过去。由于还不习惯视野高度，我觉得不太舒服。镜子里面映出自己的脸庞，那是一张完全陌生的脸。我被吓了一大跳，站远些后再次看向镜子。不，这是我的脸，之所以看起来像是别人，是因为这张脸长得太过成熟了。虽然脑袋上还缠着绷带，却留有一定长度的头发。可是，我明明是短得能看见头皮的寸头啊。

护士走到我的身后，与镜子里的我四目相对。

"昨天晚上，你坐在长椅上的时候，被人从后面袭击了。遭遇这种事情，一定很混乱吧？"

"不、不对……"

"什么？"

"那、那不是我。我不知道怎么了，我一直在打棒球，在练习赛上……"

我向护士说明了情况。我还是个小学生，在少年棒球队的练习赛上被球击中。一觉醒来，自己突然长高变成大人了。自始至终，护士都一脸诧异地看着我。

护士领来一位穿着白大褂的中年男人，对方胸口上挂着名牌"加藤"。

医生坐在床边的椅子上，给我做身体检查。他迅速看了看我的眼睛是否充血并测量了脉搏情况。

"脑袋怎么样，还会一阵阵地疼吗？"

"动作放慢点的话，就不怎么疼了。"

"说一下你的年龄。"

"……十一岁。"

医生和护士交换了一下眼神。

镜子里面的我，长着一张大人的脸。不过，现在我只能这样回答。

医生露出为难的表情。

"可能是记忆发生了混乱。"

"记忆？"

"你最后记得的场景是什么？"

"我当时正在打棒球。"

"你记得那是公元几几年的事吗？"

"一九九九年。"

"这样说的话，你这二十年的记忆都消失了。"

"啊，这是什么意思？"

"今年是二〇一九年，你因为脑袋遭到重击，所以产生了记忆障碍，想不起来这二十年来发生的事情，我认为你现在处于这种状况。"

这一切理解起来需要时间。医生解释说，这是由于头部外伤引起的健忘症状，也就是所谓的记忆丧失。

可是，那消失的二十年记忆去哪里了呢？现在残留在我脑海中的某个地方吗？

"根据过去的案例，你可能会在某个时刻突然恢复记忆。"我强忍着因为不安而想要哭出来的冲动，将视线投向病房的窗户。

"……这是哪里？"

"东京新宿。"

"新宿？！"

我走到窗边，看着窗外的景色。灰蒙蒙的天空下，排列着几幢全景玻璃窗大楼。我从没来过东京旅游，只在电视里见过这座城市，因此对眼前的街景感到惊讶不已。

医生说我产生了记忆障碍，可我并不能接受这个解释。明明刚才我还是个小学生，身体突然变成了大人，还来到了东京，这一切都让我感到莫名其妙。

"你记得家人的联系方式吗？还是和他们说明一下情况吧。"

我把老家的电话号码告诉了他们。医生从白大褂的口袋中掏出手掌大小的黑色板状物体。

"请问，这是什么？"我好奇地问道。

医生和护士一脸"啊？"的表情，告诉我这个东西叫作"智能手机"。

"现在应该没有人不知道智能手机吧。你上小学那会儿，翻盖手机确实是主流。"

医生操作着板状机器，只用手指触碰一下屏幕，画面就如变魔术般切换了，简直像是科幻电影中出现的道具。医生在手机上输入电话号码，可立马又摇了摇头。

"不对，这是个空号。"

"啊，怎么会呢……"

"你家人说不定在这二十年里搬走了，电话号码也换了。而且这号码不是东京的，你老家在哪个县？"

"宫城县。我住在宫城县的沿海小镇。"

一直到刚才，还是小学生的我都住在那里，风中夹杂着海水的味道。父母与邻里相处和睦，我无法想象他们会搬家。

"东北沿海……"护士在嘴里嘟囔着，似乎想要说什么。医生看向她，像是要制止似的。我对这种气氛有了不祥的预感。

　　"怎么了？"

　　医生耸了耸肩膀。

　　"没什么，我暂时联系不到你家人。对了，有个东西要给你。你去取一下。"

　　护士点了点头，走出病房，很快就回来了，手里拿着一个 A4 纸大小的信封。

　　"下野先生，你还记得这个吗？"医生向我展示信封。

　　我摇了摇头。

　　"这是贴在你肚子上的。"

　　"肚子上？"

　　我仔细看了看，信封的一面上贴着胶布，看上去像是用胶布固定的东西被撕下来了。有人叫走了护士，房间里只剩下我和医生。

　　"你被抬上担架的时候，急救人员发现了它。你身上的其他东西都被抢走了，只有这个还在。我们把它拆下来保管，并没有查看里面的东西。"

医生将信封递给我。信封内侧有海绵垫，可以用来抵御冲击。还没打开，不知道里面是什么，这封信厚重得像是装着一个铅笔盒。

"为什么我要把这种东西贴在肚子上？"

"这个问题我还想问你呢。"

歹徒拿走了我身上所有的随身物品，只有这个被留下来。对方应该是没注意到吧。变成大人的我，是不是因为在东京怕被暴徒袭击，平日里都将重要物件贴在肚子上外出呢？或许东京就是这么可怕的地方。

我用手指戳开信封口，确认了一下内部。信封里有一张信纸、几张纸币和一台录音机。我将这些东西摆在床上，三张纸币的面值都是一万日元。我拿起信纸，看到上面写的一句话。

看着我困惑的表情，医生开口问道：

"可以给我看看吗？"

"呃……"

"那还是算了吧。"

"不，请您一定要看。因为这封信是写给加藤先生的。"

医生露出诧异的表情，我将信纸递给他。他读了一遍之后，皱起了眉头。

加藤先生：

　　脑部 CT 检查以及其他费用都附在信封中，请查收。

下野莲司

我确认了眼前正在反复阅读信的医生的名牌，他的名字确实是"加藤"。但是，我在写这封信的时候，不可能提前知道他是负责自己的医生。这封信写于我脑袋遭到重击之前。

"到底是怎么回事？"

医生露出困惑的表情。这件事实在很难用我患了记忆障碍来解释，让人禁不住毛骨悚然。

"加藤医生，你现在能来一下大厅吗？"

"哦哦，好的。"

医生将信纸还给我，然后站起身。

"我马上回来。"说完这句话，医生离开了病房。

那么，接下来该怎么做呢？病房里只剩下我。我拿起录音机。

　　录音机的部分外壳是透明的，可以看到里面装着磁带，按键的配置看上去和老家的古董录音机很相像。我按下播放键，伴随着舒服的触感，录音机里传来一个男人的声音。

　　　　你好，我是下野莲司。

这是谁的声音？我不知道。

　　　　你可能会感到很困惑，我自认为十分理解那种心情。
　　　　因为很久以前我也体验过同样的状况。

真的吗？我不认为多少人会有过这种经历。
但是，那声音好像在哪里听过，又好像从未听过。

　　　　虽然解释起来很困难，但你的情况并不是加藤医生所说的记忆障碍。
　　　　另外，你的确是十一岁的下野莲司。

我认为这是你在练习赛中被球击中头部造成的。

关于这个现象，我试着做了各种推测。

但是，现在无法向你仔细说明。

因为有人即将来你的病房接走你了。

十一岁的下野莲司，请穿上鞋子，然后穿上挂在墙上的西装外套。

床边放着一双皮鞋。墙壁上的衣架上挂着上衣。能在录音带里留下声音的人，应该已经知道病房的情况了。见过这个房间的人非常有限。如果不是加藤医生或护士，那又会是谁呢？

不过，我的声音也变了，自己在录音带里的声音听起来像是别人的。你可能没注意到，我就是你。

长大后的下野莲司。

你现在的状况是我十一岁时体验过的。

所以，我明白你现在的混乱。

这是怎么回事？我完全不能理解。录音机里叫着的，虽然是我的名字，听起来却太诡异。有人在外面敲门。我以为是医生回来了，进来的却是一个我从未见过的女人。

"莲司！"那个人叫出我的名字。

看到坐在床上的我，她的眼神变得柔和，像是松了口气。

录音机还在说话。

　　她是你认识很久的人。

　　跟着她走就好。

　　她会为你导航的。

　　你会和她交往很长时间。

　　尽量不要让她太生气哦。

走出病房，我一边穿西装，一边走在医院的走廊上。和少年棒球队的队服不同，这件衣服袖子内侧的布料很滑溜，我麻利地把手伸了进去。

来到病房的那个女人走在前方，不时回头确认我跟在后面。她到底是谁呢？离开病房时，她收回了录音机，但将信件和纸币留在了病房的床上。

我们和几个护士擦肩而过。其中一人看着我的脸，视线追随着我的动作。该不会被发现了吧？我走下楼梯，朝着下面的楼层走去。每踏出一步，缠着绷带的脑袋都会隐隐作痛。

"莲司，这边。"

那个我连名字都不知道的女人向我招手，推开一扇看上去像是医院后门的大门。这是她第二次叫我的名字，不过印象中她似乎是很习惯地喊出这个名字的。

出了后门，我们走进一条两侧都是平整墙壁的狭窄小路。这家医院好像有好几栋大楼，每栋大楼都有走廊相连。

"车子就停在附近。"

我跟着她往前走，脑袋上的绷带中途松开了。为了不让绷带拖到地上，我不断用手将绷带卷起来，这时才注意到从地上飞舞起来的白色绒毛。不知为何，我的心中涌起一股奇妙的感觉。在病房里醒来之前，我在参加少年棒球队的练习赛时，好像也曾见过大量白色绒毛在空中飞舞的景象。尽管那个人说现在是二十年后，但感觉就像在大地上度过的同一天。

停车场里停着几辆车。来接我的那个女人，掏出车钥匙摁下按钮，其中一辆车发出"嘟嘟嘟"的声音，车灯忽闪了一下。那是一辆看起来车速很快的双人小型车。她打开驾驶座的车门坐了进去。

"莲司，快上车。"

我颤巍巍地打开副驾驶的车门，系好安全带。她将一只手放在方向盘上，然后转过头看着我，看上去一脸担心。

"你的头还好吗？"

她伸手要摸我的后脑勺，我不由得后退。她中途缩回了手。

"我叫西园小春。东西南北的'西'，动物园的'园'，小小春天的'小春'。"

"我叫下野莲司，汉字写作……"

"我知道。"

"欸？"

"我知道哦。"

她眯起眼睛，微张着嘴，表情中带着像是见到家人的亲昵。令人吃惊的是，她好像还在哭，眼眶微微泛红。她说，她现在很困惑。

"对不起，你别管我。我只是有点开心，对你来说，这是我们第一次见面吧。我第一次出现在你的人生，就是在这里。一想到这里，我就忍不住感慨万分。今后还请多多指教，莲司。"

那个叫西园小春的女人发动引擎，驱车前进。在我上车的时候，从头上脱落的绷带掉在了地上。我看了看后视镜，随着车子越开越快，那条掉落在停车场地面上的白色绷带逐渐消失在了视野中。

车子从市里的街道上了高速。我用余光偷偷看了看那位自称西园小春的女人。她长得很漂亮，让人想起放在老家玄关处的白色陶瓷装饰品。那是母亲不知在何处买的纪念品，长着一张娇艳高贵的女孩的脸，小春的脸与她的十分相似。

"呃……您认识我吗？您，究竟是谁……"

"当然啦，而且，你今天会变成这样，我早就知道了。你会在那家医院醒过来，这件事我曾经听你说起过。不久后，我就要结婚啦。"

"您要结婚了吗？"

"是的。"

"啊，那恭喜您了。"

她一面开车，一面讶异地看着我。

这个名叫小春的女人，似乎即将与某个人步入婚姻的殿堂。

"你说的好像事不关己似的，跟我结婚的人可是莲司你哦。接下来，就差请证人在结婚申请书上签名了。"

她操纵着方向盘，改变行车路线。一进入隧道，橙色灯光就射入车内，她的戒指闪出光亮。

## 一九九九

下野真一郎从被窝里爬起来，确认时间，十点五十分。今天是星期日，多睡会儿懒觉也无所谓。要不要就这样睡到中午呢？昨晚他玩游戏玩到深夜，虽然为了高中入学测验在游戏前看了几分钟的书。距离考试还剩半年多的时间，现在倒是不用太当回事。

楼下传来母亲打电话的声音。听不太清通话内容，只能听到母亲吃惊地说着"哎？！""怎么会？！"的声音。真一郎有点想知道母亲在说些什么，便爬出被窝，戴上眼镜后下了楼。

电话在一楼，真一郎下来的时候，母亲正好结束通话，放下了话筒。

"有什么事吗？"

"莲司晕倒了。"

"晕倒？他怎么了？"

"好像说是被击球员击出的球打中了脑袋。"

真一郎的弟弟叫莲司，正在上小学五年级。今天他确实去参加了对邻县棒球队的练习赛。真一郎在房间玩着游戏的时候，隔壁房间的弟弟为第二天的比赛已早早睡下。

真一郎对棒球没有兴趣。他的体育成绩也不好。莲司与他相反，十分擅长运动，学习上却一窍不通。弟弟并不是头脑不好，只是把心思全部放在了棒球上。

"虽然练习赛还在继续，但教练说开车带他回来。本来说要带他去医院，可莲司说想回家休息。"

弟弟似乎是倒在了投手丘上，暂时失去了意识。母亲在家中来回踱步，放心不下莲司。父亲去附近的便利店买烟，还没回来。

　　餐桌上放着早餐，盘子是用保鲜膜封好的。真一郎用微波炉热了下，突然觉得不太对劲。

　　以前，莲司因感冒不能参加比赛的时候，原本医生让他在家静养，可他却为了给队友加油，甚至从被窝里钻出来，跑去比赛现场。他对棒球如此热衷，在比赛中途被换下场，竟然没有看完比赛就回家，难道是脑袋上的伤太过严重，以至于他没法儿为队友们加油吗？

　　真一郎吃着热乎乎的饭和炖芋头。说是炖芋头，口感却与肉汤更接近。外面传来汽车的响声，他停下筷子，穿上凉拖走到外面，眼前飘来白色的绒毛，原来是蒲公英。几天前，无数的绒毛乘着风飘过日本列岛的上空。虽说这个场景充满浪漫气息，可蒲公英的绒毛附在晾在外面的衣服上，让母亲头疼不已。

　　少年棒球队教练的轻型车停在家门口。母亲走过去与驾驶座上的教练打招呼，彼此都有些过意不去的样子。后面的车门被打开，穿着球队制服的莲司走了下来，剃得光光的脑袋上还顶着冰袋。他看上去比真一郎矮不少，手里拿着双肩背包，背包里插着球棒。

　　"莲司，你脑袋没事吧？"

"老哥……！"莲司一看见真一郎的脸，就差点笑出声来。

是自己哪里奇怪吗？真一郎看着弟弟，一头雾水。

"什么呀？！"

"对不起，没什么。"

莲司看着母亲的脸，也笑个不停。等到了下野家的木造房屋前，他停下脚步。

"怎么了？"

"嗯，我只是在想，这房子竟然还在呢。"

"对啊，这可是我们家啊。"

莲司盯着这栋房子，像是要将所有细节都刻在脑海。教练向母亲解释完前因后果，就开着轻型车回了比赛场。等车子开远了，真一郎开口问道：

"比赛不看到最后，可以吗？"

"虽然有点在意结果，但今天有别的事情要忙。"

走进家门，弟弟在玄关脱下鞋子，然后目不转睛地盯着白色的陶瓷装饰品。过了好一会儿，他又走向洗手间，开始主动清理起满是泥土的手和脸。真一郎和母亲交换了个眼神，母亲似乎也察觉到莲司不太对劲。

莲司脱下鞋子后，总是一左一右随便乱丢，可刚才脱下来的棒球鞋在玄关摆得整整齐齐。结束棒球练习回到家，因为不洗手这件事，莲司挨过母亲不少骂。现在，洗手间甚至传出了漱口的声音。

"今天弟弟这么自觉吗？"

"说不定是打到脑袋，变奇怪了。"真一郎对母亲说道。

莲司洗完脸，环视天花板和走廊，用指尖触摸柱子的伤痕，脸上自然流露出怀恋的表情。

玄关的门开了，是父亲从便利店回来了，他手上拎着塑料袋，里面装着报纸和香烟。好像是因为平时订阅的报纸今天休刊，父亲才特意跑去便利店买报纸。

"欢迎回家，爸爸。"

"嗯。莲司，你今天不是有比赛吗？"

母亲向疑惑的父亲说明了大概的情况。一旁的莲司从塑料袋里取出报纸，开始读了起来。印象中弟弟对报纸从来不感兴趣。真一郎凑近弟弟，也跟着看起来。枪支走私的新闻占据了报纸的大幅版面，还刊登了警察从走私船只上查获的小型手枪的照片。不过，莲司的目光停留在了报纸的日期上。

一九九九年四月二十五日。

弟弟一脸满足地点了点头，然后将报纸折叠起来。

下野莲司走上楼梯，进入自己二楼的房间。房间里摆着令人怀念的家具和小物件，贴着便笺的书桌、皱皱巴巴的书包、签名棒球，莲司很想一一抚摩它们，可惜没有时间了。

他首先寻找起笔记本和笔，扒开杂乱堆积着的教科书，发现从未使用过的笔记本。一看到笔记本的封面，莲司禁不住感慨万分，他知道不久后这本笔记会给自己以及周围的人带来非常大的影响。

莲司翻开笔记本，在空白的一页上潦草地写着几行文字：

2019-10-21 0:04

在长椅上等待

警车的鸣笛声

狗吠三次

从背后被人袭击

他罗列出了刚刚经历的事情。趁着想要赶紧写下来的冲动，莲司在笔记本上奋笔疾书。不过仔细一想，他根本不会忘记这些事情。由于重复过好多遍，莲司甚至可以背诵出来。

一睁开眼睛，莲司就躺在了投手丘上。教练和队友们一脸担心地凑过来，那些令人怀念的面孔甚至让他忘记了疼痛，不由得笑了出来。见到他这样，教练好像更担心了。

"你没事吧，莲司？"

身体变成十一岁时的模样，莲司对此并未感到困惑，他早就知道事情会变成这样。同年级的队友代替莲司走向投手丘的位置，继续完成比赛，虽然在这之后他会丢掉几分，但依旧会克服满垒的危机，带领球队取得胜利。莲司事后曾听别人说过当天比赛的过程。

莲司环视着自己的房间，心想如果今天能享受一天少年时代，那该有多美好。但是，自己还有必须去做的事情。为了整理旅行装备，莲司清空了双肩背包，取出水壶、毛巾和棒球手套，手套的皮革味道直往鼻腔里蹿。莲司把脸埋进手套里，深吸了一口气。

响彻高空的击球声。投出的球被手套捕获的声音。

在地面上狂奔、疾跑，抓住掉落下来的球。

这些熟悉的场景萦绕在脑海中。

在这个时期，莲司每天头也不回地追着棒球跑，在心中勾勒着成为棒球选手的梦想，坚信努力能够得到回报。一想到这些逝去的时光，莲司的心就像被人揪住似的。

换上干净衣服的弟弟走下楼梯，将满是泥土的棒球服放入更衣室的洗衣篮里。

真一郎正在客厅玩掌上游戏机，听见有人叫他。

"老哥，能借我点钱吗？"

莲司打开魔术贴式钱包，里面空空如也。

"别想了。你要钱干什么？"

"我想出趟远门，没钱不行的。"

"你去睡觉吧，你其实还是应该去医院看看。再说了，我刚买了游戏机，真的没钱了。"

莲司表情为难地开合着钱包，发出"哗啦哗啦"的声音。他看到真一郎手里的掌上游戏机，双眼透出光来。

"真令人怀念啊，这个！这是 WS 掌上游戏机吗？"

"说什么怀念呀，这不是上个月刚出的吗？"

真一郎已经拥有了 Gameboy 和 NGP 掌上游戏机，因为想玩一款叫"GUMPEY"的游戏，才入手了这台 WS 掌上游戏机，自然也就没钱借给弟弟了。莲司把剃得光光的脑袋凑过来，盯着 WS 的游戏界面。

"咦？画面是黑白的？啊，难道彩色版的还没发售吗？"

弟弟嘴里嘟囔着意味不明的话。真一郎没有在意，沉浸在"GUMPEY"游戏里。不一会儿，弟弟就离开了。父母的房间里传来响声，真一郎依然不为所动。

过了一会儿，外面传来说话的声音。真一郎看向窗外，莲司与父亲说了句什么。父亲正用扫帚打扫庭院。莲司背上双肩背包，推出自己的自行车。他冲着父亲挥了挥手，之后便骑上车出门了。

"莲司那家伙去哪儿了？"真一郎问着回到家的父亲。

"好像说是要去帮助别人。"

"帮助别人？"

"他说可能要半夜才能回来，让我们别担心。"

"……那家伙被打到脑袋之后，好像变得怪怪的。"

"果然还是应该把他留在家里……"

父亲露出后悔的表情。

到了下午，母亲准备出门去买东西的时候，嘴里喊着到处都找不到钱包。难道是莲司拿走了，真一郎心想。从父母房间传出来的声音，会不会就是弟弟翻找母亲钱包的声音呢？真一郎将心中的疑惑告诉了母亲。

"真是的！这样我就没法开车了呀！"

母亲似乎把驾照放在了钱包里，如果莲司不回来，就没办法开车了。母亲气呼呼地说，等莲司回来要好好教训他。一直到了傍晚，夜色渐浓，外面变得黑漆漆的，莲司都没有回家。

## 二〇一九

我陷入了混乱。一旁开车的女人自称西园小春，不久将成为我的妻子。第一次见面就结婚？不，她好像很久以前就认识我了。我的大脑实在不能理解这一切。少年棒球队的队友们，谁都没有和女孩交往的经历。而且，一提起女生，大家都会十分害羞。所以，结婚这件事，对我来说太过遥远了。

我不自觉地攥紧安全带，感觉要是手里不抓住点什么，就会不安。汽车在高速公路的隧道里疾驰。

"放心吧，我和你父母联系过了。"

"你们见过面吗？"

"还一起吃过饭呢，当时你哥哥也在哦。"

"大家都来了？"

"嗯嗯。"

"刚才我给老家打电话，一直打不通。"

"虽然发生了许多事，但是大家过得都很好。"

"那太好了……"

睁开眼睛之后，我被扔到了完全陌生的环境，一直处于惴惴不安的状态。只是听到有人说见过我的家人，我就莫名地感到安心。虽然对方有可能在说谎，但我总感觉她说的是真话。她如果是完全不相干的人，应该不知道我有哥哥。

"可是，为什么会变成这样呢？"

"要不你把后面的录音内容听完吧，里面会解释的。"

她从放在膝盖上的包里掏出录音机。我拿过录音机，摁下播放键，接下来是短暂的沉默。

高速公路的隧道里也有岔路口和合流区，前后的车辆交错前进着。每辆车的速度都差不多，看起来像是静止了一般。不久后，录音机里开始传来声音。

如今想起来，这些已经变成了遥远的回忆。

不过，我至今仍然记得我们在车内的对话。

长大后的你，会在某个时刻与她重逢。

结婚倒是最近才决定的事情。

接下来我解释一下时空跳跃吧。

你大概会在傍晚时分脱离这具身体，回到原本的身体里。

自那以后的二十年，直到今天，我无时无刻不在思考着这不可思议的一天。

我们的意识之所以能够穿越时空，应该是因为头部遭受了撞击。

在少年棒球队的练习赛上，你因为被球击中头部而昏倒在了投手丘上。

我认为在那个时候，大脑中与时间关联的部分发生了损伤，导致意识变成容易脱离时间轴的状态。

我无法理解这一切，看向小春。她耸了耸肩膀："我也听不懂，所以你别太在意。"

前方行驶的车辆上装载着银色的筒状钢瓶，我们的车影映在钢瓶后方的弧面上，空间似乎软绵绵地扭曲起来，呈放射线状的隧道灯光被吸入其中。

录音机里的说话声还在持续着。

　　我们的意识就像是高速公路上的车辆，一面观察着世界，一面抓紧沿着时间轴移动。

　　假设有什么东西以极快的速度撞向你的车子，你的身体被撞出车外。

　　由于受到撞击，你的身体在空中飞舞。

　　就像蒲公英的绒毛。

　　这时，你发现一辆熟悉的车辆，驾驶座上空无一人，于是你冲进车中。

　　这就是现在的状态。

　　因为被球击中而从肉体中弹出来的意识，发现了二十年后——也就是今天的我——的身体，钻了进去。

或许你已经听说了，昨晚我也遭受了类似的重击，意识被弹出身体，正好处于和你相同的状态。换句话说，也是一辆空车。

跨越二十年的时间，你发现了我的身体，我发现了你的身体，然后互换了彼此的身体。


互换身体？我困惑地摸了摸自己的脑袋，感觉长了不少的头发滑进了指间。由于习惯剃平头的缘故，现在过长的头发让我有些烦躁。


我们交换了一天。

这样想就容易理解了。

少年时代的我和变成大人的我，交换了一天的身体。

某天我们都偶然撞到了头，然后身体就在那天互换了。

我需要借用少年时代的一天去做一件必须做的事情。

十一岁的你，请把身体借我一用吧。

当你的意识回到原本的时代，你应该在一个有些偏僻的地方。

我记得，当我回到小时候的身体的时候，摆着奇怪的"大"字倒在田里。

至于为什么会倒在田里，我至今都搞不清楚。

从我的角度来看，这是接下来需要观测的时间范围。

你的身体没有受伤，这一点请放心。

十一岁的我，从现在开始你应该要思考人生的意义了。

希望你不要输给命运。

不要半途而废，请坚持走下去。


之后，录音机陷入沉默。磁带还在转动，但再没有声音传出来。

车子驶出高速公路。在通过收费站的时候，我们没有停下来付费，而是直接开了过去。闸门自动开合，汽车导航用近似人声的声音播报所支付的费用。

"原来是这样，1999 年 ETC 还没有普及啊。"

小春对着一脸吃惊的我说道。ETC 是什么呢？

车子在一般车道上疾驰。

"到了哦。"

挡风玻璃外，一栋栋高层公寓在我们面前延展开来。车子驶入高级公寓的地下停车场。并排停在停车场的车辆上的车标，基本上我从未见过。

"对了，这里是？"

"这里是我们的家。我们一直住在这里。"

小春在停车场停好了车。家？对我来说，家是像老家那样的独栋木造房屋。我根本无法想象自己在这里生活的情形。

我们搭电梯上楼，显示屏上的楼层数停在了 35 层。

我们走过柔柔的灯光笼罩着的走廊，小春打开最靠里面的那扇门。

"已经是几年前的事情了，那时候我们刚刚开始同居，咬牙买了这里的公寓。我拿公寓宣传册给你看时，你还说自己对这栋建筑有印象，好像以前有人带你来过这里。进来吧。"

　　玄关十分宽敞。有一面墙壁是镜子，映出变成大人模样的我。我脱下鞋子，试着将脚伸进小春提前备好的拖鞋里，尺寸竟然很合适，颜色和材质也是我喜爱的。

　　"这是莲司平时穿的拖鞋。"

　　小春将我脱下的鞋子摆放整齐。我想起妈妈总是因为我乱丢鞋子而生气，意识到我今天又做了同样的事情。

　　"那个，对不起……"

　　"没事的。来吧，这里是客厅。"

　　走廊的尽头是一处宽敞的空间，透过窗户可以将东京的街景尽收眼底。地面的建筑物鳞次栉比。我眺望着窗外的景色，小春从走廊那边拿着扫帚和簸箕，她接下来是要去打扫吗？

　　比起这个，我心中更担心别的事情。我并不知道这栋公寓的价格，不过看上去价值不菲。我们是不是借了许多钱才能买下这栋公寓呢？这样想着往后退的时候，胳膊不小心碰到了架子上的摆件。

　　"啊！"

　　我的胳膊碰掉了玻璃马摆件，玻璃碎落一地。我回头看着小春，正想要道歉，却看到她像是要安抚我似的，举起扫帚和簸箕。

"没关系，我早就知道的。你曾和我说过今天会发生这件事。"

她让我往后退一点，以免踩到碎玻璃，随后开始清理地面。

"事情会变成这样，是已经观测到的结果。"

"观测到的结果？"

"我听长大后的莲司说过，玻璃马今天会掉下来摔碎。你看，现在不就是这种情况吗？你回到原来的身体之后，某天将自己观测到的事情告诉了我。所以，我早就做好要与这个摆件告别的心理准备，同时也备好了扫帚和簸箕。"

她捡起玻璃马摔碎的前肢，细细凝视着。

"未来会朝着被观测到的方向演变，这种可能性很高，即便不是百分之百。因为没有其他事例佐证，所以我也无法断言。也许历史是可以改变的。要是真能那样该有多好啊。"

小春说完后便出门去丢玻璃碎片。她的神情透出一丝悲伤。

# 一九九九

　　西园圭太郎的宅邸位于神奈川县镰仓市郊外，从道路拐入小径百米处的尽头就是他们的房子，后面是一片山坡。自从女儿出生后，圭太郎就搬离了东京的房子，找到一套二手房并委托建筑师重装。虽然每次工作上的洽谈都需要前往东京，但圭太郎并不觉得辛苦，现在与过去不同，很多事情都可以通过邮件解决。

　　女儿小春在外面跳绳。当她发现圭太郎正站在一楼的窗边看着自己时，笑嘻嘻地蹦跳起来。圭太郎注意到女儿跳绳的位置后面就是车库，车库门大开着。圭太郎收集的爱车——阿斯顿马丁——那宛如宝石般的车身就在那里，每次小春跳起来的时候，那些被绳子卷起来的小石子说不定都会砸到车身。圭太郎一想到这里便坐立难安。

　　"小春，去别的地方玩吧。"

　　圭太郎试着向小春说话，可窗户紧闭着，声音传不到外面。

　　"怎么了？"妻子遥香来到窗边。

　　"你看，小春在那里跳绳，卷起来的石头会不会砸到车子呀。"

"也许吧。离得太远了，我看不太清。"

遥香向女儿挥手。小春被跳绳绊了一下，她一边喘气一边扭动双手，又重新开始跳绳。

"有什么好玩的，不觉得累吗？"

"小孩子就算动一动，也会觉得很开心。"

圭太郎打了个哈欠，他刚刚才从床上爬起来。

"昨晚几点睡的？"

"看电影看到很晚，就是前几天买的那部。"

圭太郎经营着一家中等规模的电影制作公司，最近开始收购外国电影。由于几年前发行的小众电影长期热卖，所以公司经营还算顺利。

小春又被跳绳绊住了。大人们搞不懂哪里有趣，但她笑得很开心。

圭太郎和遥香对着女儿挥了挥手，然后回到客厅。


西园小春继续跳绳。

原来能在窗边看到父母的身影，可现在看不见他们了，小春觉得有点无聊。

纯白的绒毛随风飘荡，落在花草上、屋顶上。

小春突然感到一股视线，房子附近的杂木林里好像有声音传出来。她停止跳绳，将目光投向林子深处。

小春看到似乎有人影晃动。不，一定是错觉，也许是风吹动草丛所造成的。如果有人来家里拜访，一般会走那条从公路延伸出来的小径，从正面过来。

小春继续跳绳。绳子划过空气，耳边传来"飕飕"的风声。

## 二〇一九

墙壁的架子上摆着相框，照片上是一个小学低年级的女生，应该是孩童时代的西园小春。照片上的她正在家门口跳绳。

还有全家福照片。看上去像只熊的人应该是小春的父亲，他下半张脸蓄着胡子。母亲是个气质高雅的美人，两人的组合让人不禁想起"美女与野兽"这个词。

西园小春端来饼干和牛奶，是美味的外国曲奇饼干。

"你家看起来真漂亮！"

"这个房子在镰仓，不过现在已经没人住了。"

在装饰墙壁的照片中，有一张是她与成年后的我合拍的。似乎是在冬天的某个海岸，我们裹着大衣，看上去瑟瑟发抖。我没有拍摄过这张照片的记忆，可不得不承认的是，我和西园小春之间的关系确实十分亲密。

玻璃摆件的碎片已经清理干净。她说事先知道这个摆件会摔碎。

观测到的事情极有可能成真，因为可供参考的数据太少，所以没有把握说完全应验……

我亲眼看到玻璃摆件摔碎的场景，"观测"到了应验的事实。长大成人的我将这件事情告诉她，所以她才能事先得知玻璃摆件的命运。

也就是说，我应该能回到二十年前的世界。如果我回不到原来的时代，我就没法儿和她说今天会发生的事情，小春也就不会提前准备好扫帚和簸箕了。

"莲司，你来一下。"

我照着小春的指示，坐在餐厅的椅子上。小春在桌子上摊开一张模造纸，空白模造纸的大小几乎能覆盖住整张桌子。她用油性笔在纸上画出一条水平线，并在右端画上箭头。

"我想让你知道，接下来你会怎样穿越时空。"

她在横向的直线上补足说明。这条线似乎代表着时间轴，左边是过去，右边是未来。然后，小春在直线上圈出四个点，像历史年表那样加上说明文字。

【点 A】

1999 年 4 月 25 日，上午十点半

在棒球比赛中被球击中晕倒，随后醒来。

【点 B】

1999 年 4 月 25 日，下午六点左右

在神奈川县镰仓市晕倒，随后醒来。

【点 C】

2019 年 10 月 21 日，凌晨零点左右

在长椅上被人从背后袭击晕倒，随后在医院醒来。

【点 D】

2019 年 10 月 21 日，傍晚时分

在某个运动公园晕倒。

点 A 和点 B 在时间轴的左侧，而点 C 和点 D 在时间轴的右侧。这两组之间隔着二十年。

"这就是发生在莲司身上的事情。我知道他会撞到四次头，然后陷入昏迷。每一次他的意识都会脱离肉体，引发时空跳跃现象。"

"你是怎么知道的？"

"长大后的莲司告诉我的。"

"长大后的我，还真是无所不知啊。"

小春拿起红色的马克笔，摘下笔盖。

"首先，你是这样穿越时空来到二十年后的。"

她画出一条从点 A 到点 C 的箭头，为了不与表示时间流逝的直线重叠，箭头是向上弯的弧线。

"现在的你，就在这个地方。十一岁的意识，进入了长大后的身体。"

接着，小春沿着直线，画出从点 C 到点 D 的箭头。我

看向点 D 旁边的补充说明。

"傍晚时分在运动公园晕倒？发生什么事了？"

"根据成年莲司的观测，你当时正在运动公园走着，后脑勺撞到了什么东西，因此昏了过去。"

我将手放在后脑勺上，那里似乎还隐隐作痛。没想到后面还要挨上能够令人晕倒的一击，这一天简直太可怕了。

小春又画了一条从点 D 到点 B 的红线，看上去像是要回溯时间，不过这次的箭头是向下的。"我在运动公园晕倒，回到了原本的时代。"我看了看写在点 B 旁边的说明文字。

"在神奈川县镰仓市醒来，为什么我会在那个地方呢？"

"为什么呢？"

小春摆出懵懂不知的样子，可显然她知道些什么。

"长大后的莲司和还是小孩子的你，交换一天的身体后就会恢复原状。所以，你会回到成年莲司活动一天的身体里，等你醒过来的时候会发现自己躺在镰仓的田里，像是从斜坡上滚落下来的。"

另外，小春还画了一条从点 B 到点 C 的直线，这是一条与时间紧密相连的线。

"顺利回到原来的时代，那之后的二十年里，你会一边经历着各种事情，一边长大成人。虽然这样算是提前告知你的人生走向，但你我还会再相见，不过要等到二〇一一年四月。"

她在点 B 和点 C 之间又圈出一点，然后补上日期。

之后，我和西园小春开始交往，似乎也定下了结婚的誓约。不过，我对这一切没有实感。毕竟是刚认识不久的人，就算她告诉我今后我们会成为夫妻，但现在的我听到只会觉得困惑。

"你好像有什么想说的？"

"我只是在想我应该可以自由选择结婚对象……不，还是算了，算了……"

接着，小春开始用蓝色笔画了一条线，这次是从点 C 到点 A 的，箭头方向朝下。之后小春又画出从点 A 到点 B 的直线，与时间轴平行。最后，她画出从点 B 到点 D 的直线，箭头方向朝上，最后将这些点连接起来。

"这就是成年莲司的意识所遵循的时间轨迹。这是一次回到过去，经历一天后归来的旅程。他在那里经历了哪些事情，现在还有很多地方不太清楚。"

作为孩子的我和作为大人的我，交换了各自的一天。这样说起来似乎很简单，可自己的意识是如何在时间长河中移动的呢？如果只用眼睛去看箭头，就会觉得十分复杂。

"说是交换一天，可交换的时间长短不一定相同吧？是不是存在相当长的时间差呢？这部分的时间差去哪里了，是消失了吗？"

"没有消失。我想大概是在意识年龄和肉体年龄有些许偏差的状态下，度过从点 B 到点 C 的二十年。最后这种偏差会在点 D 恢复原状，所以你可以放心。"

"原来如此。"

"你明白了吗？"

"不明白——我现在只明白了这一点。"

我决定放弃思考，让自己休息一下。


当我躺在沙发上放松的时候，那些箭头往返的复杂图示已经完全从脑海中消失了。算了，这种东西还是不要知道的好。

更重要的是，我闻到一股奇怪的气味。我试着闻了闻身上的衣服，总觉得衣服上散发出和父亲相同的臭味，这与结束棒球比赛后身上的臭味完全不同。如果现在是二十年后的世界，那就意味着这具身体的年龄应该是在三十一岁。对还是小学生的我来说，已经是十足的大叔了。

"对了，你去冲个澡吧。"小春说道，"你从昨晚起就是那身衣服，换洗衣服我都备好了哦。"

小春领着我确认了更衣室和浴室的设备。每一样设备看上去都新潮精致，在灯光的照射下闪闪发亮。她向我说明了使用热水的方法，并给了我一套换洗衣服。

"有什么事就叫我。"

"知道了。"

"……"

小春似乎想说些什么，最终还是走向走廊那边。她的表情令我很难不在意。

更衣室只剩下我一人，我对着镜子一边不停变换角度，一边触摸着颧骨。然后，我解开白色衬衫的扣子，将脏衣服放进了洗衣篮。西装上衣在刚进屋子的时候就被小春收走了。我想要洗个热水澡，洗去一身的汗水，然后重启一切，在脑海中整理这些事情。

镜子里映出自己的上半身，没有肌肉，身材瘦削，看上去有些别扭。这真的是棒球选手的身体吗？成为棒球选手是我的梦想，可镜子里的身体明显缺乏肌肉。

仔细一看，我的右胳膊上端，手肘内侧，有一条白色的线。与用笔画出来的线不同，这条线像是皮肤微微隆起后形成的。线条一直延伸到肩膀，看起来像是手术缝合后的疤痕，这是受伤的痕迹。

我的右肩废了，被撕裂的肌肉和皮肤通过手术缝合在了一起。这并非最近才有的手术疤痕，而是好几年前留下的。受了如此严重的伤病，还有可能继续当投手吗？我无法想象。

我终于明白了自己现在所看到的一切意味着什么，控制不住地发出哀号。

或许，我再也无法实现当专业棒球选手的梦想了。

# 第二章

## 一九九九

父亲正在用扫帚打扫房子。

"莲司，你要去哪里？还是在家休息吧？"

"我有个约会，一定要去。"

"约会？很重要吗？"

"嗯，我要去帮助别人，可能要深夜才能回来，别担心我。"

下野莲司跨上自行车出发。小学时骑的自行车踏板是歪的，当时没觉得奇怪，现在骑起来有点吃力，几乎要栽倒。父亲还在后面呼唤，莲司头也不回地蹬起踏板。

大片的农田还未插秧，看上去十分冷清。莲司飞快地蹬着踏板，为自己的身体竟然能如此敏捷而感动。身量还不高的他，此刻身体轻盈，动作灵活。莲司试着用右手放开车把，活动了一下肩膀，感受到肌肉的柔韧。他心中涌起一股冲动，如果这时候停下来，捡起路边的石子丢向远方的话，不知道石子能够飞多远呢？

离最近的车站越来越近，周围的建筑也越发多了。由于车流量的增加，莲司放慢了车速。看见一座电话亭坐落在死气沉沉的十字路口。他突然想起什么，在路口停下自行车。

接下来要做的事情并不是非做不可的，说不定还是徒劳一场。不过，比起什么都不做，莲司认为还是要试一试。观测到的未来一定不会改变吗？这一点谁都没有把握。

莲司走进电话亭，拿起了听筒。他用电话亭内的电话簿查到了县警署的服务电话，投入硬币后按下了号码。

"您好，这里是宫城县警署，有什么能为您服务的？"

电话一端传来冷漠的男性声音。

"我想请求你们加强对某个地区的巡逻。"

几个小时后，在神奈川县镰仓市的西园小春家里会发生某起案件。莲司希望防患于未然，提前阻止那场悲剧的发生。本来他应该将这件事情告诉神奈川县警署，可电话簿上只有管辖这片区域的宫城县警署的电话号码。

"不久后附近的某户人家将会发生入户抢劫事件。"

"抢劫？"

"地点是在别的县，应该不归你们管辖。"

"我想请问，小弟弟，你几岁了？"

"……十一岁。"

莲司意识到自己现在的声音还是少年的音色，就算他和别人说自己实际上已经三十一岁了，应该也不会有人相信吧。电话那头的男人语气中带着怀疑。

"你能告诉我，你是如何提前知道这件事的吗？"

对方好像怀疑是有人在恶作剧。

正当莲司不知如何是好的时候，他感受到一股视线。电话亭的透明隔板外，站着一个穿棒球服的少年。他背着双肩背包，背包里斜插着棒球棒，正跨坐在自行车座上看莲司。健硕的身材加上宛如大猩猩般的面孔，来人正是莲司的队友山田晃。

莲司自觉地放下电话，走出电话亭。

"嘿，阿晃！"

"莲司，你在这里干什么？不在家休息可以吗？"

山田晃是捕手，莲司从少年时起每日都会向他的手套中投球。

"脑袋已经没事了。"

"老实说，我还以为你会死呢。当时的声音可不小。"

"我不会有事啦。"

"一看就知道。对了，莲司，你看我的眼神为什么亮晶晶的？"

"是你的心理作用吧，我眼神很正常啊。"

下野莲司揉了揉眼睛，企图敷衍过去。

"对了，我有件事很烦恼。"山田晃稍稍降低了声调，

"嗯……你是我的搭档，所以我想趁现在告诉你。"

"什么呀，快点说吧。"

"等我上了中学，可能就不打棒球了。"

仔细一问才知道，原来是他母亲反对他继续打棒球。因为他学习成绩优异，母亲想让他放弃棒球，然后进补习班，

将来好上重点高中。

"绝对不要放弃棒球。"

"为什么？我又不能成为职业选手，坚持下去没有任何意义。"

"你为什么这么断定呢？因为没有意义就放弃棒球，这样真的好吗？"

"你为什么喜欢打棒球呢？"

"因为打棒球很开心，我喜欢棒球。"

山田晃一脸惊讶地看着下野莲司，然后表情变得明朗起来。他将手放在胸口上说道：

"啊，我是怎么了，明明我也喜欢棒球的……"

"那你愿意继续打棒球吗？"

"我会的，莲司，我们长大后也要继续打棒球哦。"

"当然啦，阿晃。就算长大成人，我们也肯定会一起打棒球的。"

不要突然说这么感伤的话，莲司在心里抱怨。他藏起悲伤的情绪，向山田晃竖起大拇指，然后跨上停在电话亭旁边的自行车。

"我差不多该走了，再见。"

"莲司，你要去哪里？"

"接下来要去搭电车，去很远的地方。"

"是吗？那真是太辛苦了。"

"再见了，搭档。"

"再见，搭档。"

尽管莲司着急报警，但还是对着山田晃挥了挥手，然后骑上自行车。山田晃的身影逐渐消失在视野中。这么说来，莲司之所以能将打棒球坚持到最后，全是因为山田晃。

下野莲司将自行车停在私营铁道的车站，朝着仙台车站走去。仙台车站的站内贴着手机公司的广告海报，应该是几个月前 DoCoMo 才开始提供的手机上网服务。

莲司通过仙台车站内的时钟来确认时间，现在已经过了中午十二点。根据西园小春的记忆和警察的记录，强盗闯进来的时间应该是在下午五点半左右。所以，从现在开始的五个半小时之内，他必须赶到西园家。

自动售票机前排起长队。于是，莲司来到购票窗口，想要买往返东京的新干线车票。

"一张成人票……"

听到这句话后，窗口的服务人员露出诧异的表情。

"不，说错了，我要买儿童票。"

莲司从母亲的长夹中取出几张纸币付了钱。买完车票后，莲司朝着检票口走去，当他想把钱包塞回双肩背包时，发生了一点小状况。背包的拉链卡到了布料开裂的地方，拉不起来了。

"搞什么啊，偏偏在这种时候！"

时间不等人，莲司只好抱着拉链敞开的背包，冲向检票口。

从站台看过去，此刻仙台车站前的街道上，飘荡着无数的白色绒毛。不一会儿，开往东京的新干线到站，莲司找到车票上所写的车厢座位坐下，车子缓缓向前驶出。为了高效利用抵达之前的时间，莲司决定写点东西。

莲司拉出座位上的桌板，摊开从家里带出来的笔记本。第一页上是之前写下的几行文字。

2019-10-21 0:04

在长椅上等待

警车的鸣笛声

狗吠三次

从背后被人袭击

莲司翻到笔记本的另一页，这次更详细地写下事情的经过。这封信的对象是少年时代的自己。莲司在小时候曾经读到过这封信，甚至记得信的内容。与其说是靠着空想在撰稿，更像是在背诵、誊抄。如果是这样的话，那这篇文章最开始又是谁想出来的呢？

窗外是开阔的田园地带，列车以时速三百公里的车速逐渐远去。除了写给少年时代的自己的信，莲司还在笔记本上写下各种各样的信息，有些是关于未来的，其中还附有折线图。对少年的自己来说，可能会有许多令人无法理解的记录，但此刻的莲司并不在意。不久之后，笔记本中想要表达的意思自然能够传递出去，也会有人注意到这些信息的重要性。

另外，莲司预先在笔记本上写到将在 2011 年发生的东日本大地震。毕竟自己的老家位于海啸的受灾地区，如果放任不管的话，家人们有可能遇到危险。他写下海啸的受灾区域，并希望大家能为那天的到来提高防灾意识。

不过，事实是少年时代的自己发现并阅读这本笔记本，就算看到上面写着某天会发生地震，也完全不会放在心上。即便笔记中说到海啸会将房屋连根拔起，这对于小时候的莲司来说也不太真实吧。不过，莲司仍然没有放弃对地震进行说明，因为他目睹了写在笔记本上的诸多信息都成了现实。

莲司写着写着，脑袋像是发烧般烫了起来。他本来就不擅长动脑筋，在投手丘上被球击中的地方开始隐隐作痛。

莲司停下笔，闭上眼睛，侧耳倾听着列车前行的声音，心中不禁想，二十年后的少年莲司此刻正在做什么呢？

## 二〇一九

我的右肩好像因为交通事故废了。虽然日常生活没有受到影响，但恐怕很难继续体育运动了。西园小春站在更衣室外告诉我这些事情。

为了向我说明情况，她好像一直等在拉门外。我会在这个时候发现身上的伤疤，受到打击，这是事先就知道的事情。

我蹲在更衣室，一时间喘不过气来。小春没有要进来的意思，隔着更衣室和走廊的拉门上了锁。

"记住我现在说的时间和日期。"

她说出一个日期——

二〇〇〇年八月十日。

她说我在那一天遭遇了交通事故。

"如果可能的话，那一天不要出门，待在家里。这样应该就可以躲开事故了……虽然我不知道已经观测的未来是否会发生变化。"

我擦了擦眼泪，抬起头。

未来真的可以改变吗？

小春的话为我带来了些许希望。我吸了下鼻子，问道：

"我还能继续打棒球吗？"

"我不知道，因为没法掌握这个世界的运行规则。我们的意志会对时间产生怎样的作用，这一点尚不明确。但是，我觉得还是尽一切可能去做比较好。"

"请再说一遍刚才的日期。"

"说多少遍都可以哦。"

二〇〇〇年八月十日。

我将日期牢牢刻在脑海里，心底涌起不安，害怕失去重要之物的恐惧朝我涌来。我根本不想迎接这样的未来，可如果没有来到这种未来，那么我就会在一无所知的情况下迎接八月十日，然后在那天遭遇交通事故。做好心理准备迎来那一天，或许更好些吧。

我一边淋浴一边回想起打棒球的日子。最开始是与父亲玩接抛球，哥哥在一旁观看。我小心翼翼地抱着父母买给我的第一副手套。加入少年棒球队后，因为投球受到夸赞；站在投手丘上投球的紧张；输了比赛和队友们不甘心地流下眼泪……许多回忆随着热水流过我的身体。我摸了摸右臂和右肩上的伤口，心想如果再也不能打棒球，那么自己还能剩下什么呢？

我换上小春准备好的衬衫和牛仔裤，这套衣服穿起来比西服舒适不少。我走向客厅，小春正在一边听着音乐，一边翻看着厚厚的资料夹，里面收集了很多新闻简报。确认我没有哭泣，她露出安心的表情。

"你想喝点什么？"

"喝点牛奶吧。"

小春将冰凉的牛奶倒进杯子里。

"今年的职业棒球赛，哪支队伍赢了，你想知道吗？"

"我觉得还是不知道比较好。"

"嗯，或许吧。但不能否认的是，观测到的事实越多，就越有可能朝着那个未来演变。我觉得想要改变未来的强度越来越高了。如果是这样的话，未来还是保持不确定性比较好。"

"太难了，我听不太懂。"

"这样说起来，后面可能会有人问起你的职业，我要怎么回答呢？"

"这是预言吗？"

"我想回答'个人投资者的助理'或'咖啡店店员'，你觉得哪个更合适？"

"交给你决定吧。"

生活在这个时代的我，过着毫无期待的人生。和小春说清这一点，她会感到受伤吗？如果避开交通事故，历史发生变化的话，说不定我和她就不会发展成同居关系。也许，她已经做好了心理准备，才会告诉我事故发生的日期吧。

小春将板状的电子设备放在客厅的桌子上。这个设备有一面整面都是屏幕，比我在医院看到的这个时代的手机稍大一点。小春说，这个东西叫作平板电脑。

"我发个邮件，莲司你先看电视吧。"

在我生活的那个时代，也有用手机发送文字信息的服务，电视上曾出现过那些广告，我对此有些印象。邮件也是将文字发送给对方的服务吧。小春操作着平板电脑，液晶屏幕上显示着键盘，像是用手指轻轻触碰键盘就能输入文字。这未来的光景真是令人惊讶啊。

客厅里的电视屏幕明明很大，却薄得惊人。难道是将显像管埋进墙壁了吗？我打开电视，试着切换了几个频道，画面太过鲜艳清晰，新闻主播仿佛就在眼前。

我注视着电视屏幕，小春处理完电子邮件。她从电视旁边的柜子里拿出某样东西，外观让人联想到泳镜。

"难得来到二十年后，要不要尝试一下最新的游戏？"

"这是什么？"

"戴在脸上的显示器，类似于护目镜，可以用这个玩一种 VR 游戏。从结构上讲的话，就是画面会随着你头部动作的改变而发生变化。"

我决定立刻尝试一下。没想到，下一秒我就发出惨叫，急忙暂停了游戏。首先，游戏竟然不是点阵画面，我感到极不适应，就像是将现实世界搬到了游戏里。我在游戏中坐上过山车，整个人被甩来甩去。我虽然心里害怕，却不可思议地笑了出来，甚至想多玩几次。或许小春是为了让我打起精神，才给我推荐这个未来的游戏的吧。

过了中午，我们决定外出，小春邀请我去外面吃点东西。我们上车出发，小春坐在驾驶座，我坐在副驾驶座。这是一辆双座越野车，据说是我们的共同财产。平时貌似都是我来开车，而今天方向盘交给了小春。

我们从公寓出发，经过热闹的场所。我把额头贴在玻璃窗上，目不转睛地眺望着城市的街道。熙熙攘攘的人群、充满现代气息的大楼以及大楼外墙上巨大而鲜艳的显示屏，都让人叹为观止。硕大的屏幕里，女子偶像们正扭动着身体。一旁广告宣传的卡车上大声播放着音乐，通过十字路口。过量的信息向我扑面而来，让我头晕目眩。

红绿灯的式样和我生活的时代的也有点不同，发出的光线更亮，色彩也鲜艳了许多。人行道信号灯的设计也发生了改变，我曾以为信号灯是永远不会改变的，不禁好奇地盯着看。

"刚才叔叔突然给我发短信了。"

"叔叔？"

"就是我父亲的弟弟，算是我的监护人吧。叔叔平时很忙，基本不在日本生活。要是有见面机会的话，还是把握机会见面吧。而且，叔叔每次的邀约都很仓促，有时候突然发来短信，说要一起吃午饭，搞得我只好急匆匆地订餐厅。"

"待会儿要和那个人一起吃饭吗？"

"对。我想请叔叔在我们的结婚申请书上签字，可时间老是对不上。他今天正好在日本。"

远远地可以看见东京铁塔。红色的尖顶建筑物在众多大楼中十分显眼。我第一次看到实物，心里有些感动。

没多久就开始堵车了，小春不断放慢车速，直到车子完全停止。车载音响里传出音乐，小春将音量调小，直到接近无声的状态。

"我有事情想和你说。"

小春看上去有点紧张。

"是我一定要知道的事情吗？"

"嗯，是我父母的事情，不过和你也有关系。"

"什么事情？"

"我之所以请求叔叔在我们的结婚申请书上签字，是因为我父母都已经去世了。"

"他们去世了吗？"

"嗯，因为二十年前发生的一起案件……"

案件？我看见小春握紧了方向盘。

她像是在思考要如何说出这件事，然后开口说道：

"有一天，家里来了强盗，后来才知道是为了金钱。那一天，我和爸爸妈妈正好都在家，凶手把爸爸妈妈……"

据说，那家伙蒙着脸。

那一天，小春在现场看到了凶手的身影。

"我也差点被杀死。如果没人来帮我的话，我的人生也会在那天结束。"

"有人来救你了吗？"

"是的，我当时八岁，只能抖个不停。但是，有个男孩不知道从哪里冒出来，从凶手手中救下了我。趁着对方慌乱的时候，他拉上我一起逃跑了。莲司，那个男孩就是你。"

"我……？"

小春含着泪看向前方。

"二十年前，你及时出现拯救了我，来到差点被杀死的我的面前，真的很谢谢你。"

停滞的车流开始缓缓前行。

小春踩下油门，发动车子。

"二十年前，该不会是……"

"一九九九年四月二十五日。我永远不会忘记那一天。那天和今天一样，漫天飞舞着蒲公英的白色绒毛。"

那是我在练习赛中被球击中脑袋的日子。

也是我在医院睁开眼睛的日子。

那天下午六点，回到原本时代的我会在镰仓市醒来，这一点我听小春提起过。现在我终于明白为什么我会在那种地方了。成年后的我利用那一天，从老家所在的宫城县来到神奈川县，将小春从死神手中拯救了出来。

试验成功了。所以，在二十年后的世界里，西园小春依然活着。


小春一边开车，一边哼着歌。这段旋律似乎曾经在哪里听过，应该是我所生活的二十年前那个时代的歌曲。虽然这歌曲让人心生怀念，不过我已经记不得具体的歌名了。

"到了。"

本来说是要晚点吃午餐，我以为要去家庭餐馆那样的地方。结果，小春驾驶着车子，开进了看上去十分高级的餐厅的地下停车场。

我们搭上电梯前往顶楼。小春好像在几天前就预约好这家餐厅了。

"我们和叔叔见面，不是临时决定的吗？为什么你会提前订好餐厅呢？"

"因为成年莲司曾经说过，今天会临时和叔叔一起吃饭。"

电梯内装饰得金碧辉煌，小春盯着表示楼层的显示屏。虽然我有点在意二十年前发生的那起案件，但我不知道是否可以详细追问，这并不是可以轻松询问的事情。

电梯到达顶楼，从窗户可以俯瞰整个市中心，位置比我想象的要高。一家和风创意料理餐厅的入口出现在眼前，小春报出姓名，服务员领着我们到了包厢。这家餐厅的和室是不需要脱鞋的，里面摆设着桌椅。皮革封面的厚重菜单上也有英文标记，我想这地方大概是那些大公司领导招待外国客户的老店吧。

"这家餐厅好贵啊……"

我看了眼菜单上的价格，感到有些吃惊。

"别在意价格。"

小春坐在我旁边，对面是她叔叔的座位。为了得到结婚的许可，要去拜访恋人的父亲，这种场面在电视剧和漫画中常常出现，难道现在要在我身上上演吗？为什么偏偏挑今天呢？不能选别的日子吗？在来这里之前，我已经向小春抗议过一番。

"对不起，叔叔好像只有今天有空，明天他就要离开日本了。"

小春的叔叔在外国公司上班，如果错过今天，下次见面估计就要等到明年了。对我而言，延期到明年也没什么关系，毕竟现在的我虽然外表看上去是大人，实际上不过是个十一岁的男孩，没办法长时间装作大人。我心中惶恐不安，只能拿起杯子喝水，以此来掩饰自己的慌乱。

"别紧张，我在电话里大致说了，你的名字以及你是怎样的人，这些都和叔叔说了。"

难道我没有选择结婚对象的权利吗？如果就这样见证结婚申请书的签署过程，恐怕我的将来也会坚定地朝着这个局面发展，我意识到这一点。

好，逃跑吧。

"你是不是想要逃跑？"

"你为什么会知道我的想法？"

"成年莲司告诉我的。他和我说过当天吃饭时满脑子都是逃跑的想法。"

"如果只是让你叔叔在结婚申请书上签字，我在不在场无所谓吧？"

"至少要打个招呼吧，都是大人了。"

"我是小学生。"

包厢的拉门打开，一个身形壮硕的中年男人被服务生引进来。他看上去平易近人，肚子圆滚滚的，活脱脱一个在美国乡下经营牧场的人。小春从椅子上起身。

"叔叔，好久不见！"

"小春，这么着急约你，抱歉！"

我也站起身来，向那个男人点头行礼。

"啊，您好……我是正在和小春交往的人……"

"你就是莲司啊，多多指教。"

小春的叔叔和我握了握手。他的手软乎乎的，触感就像麻薯一样。

我们点了套餐，然后开始低头吃饭。服务生将盛在小碟子里的菜端上来。小春的叔叔看到我正在喝橙汁，出声问道：

"你不喝酒吗？"

"嗯，我没喝过酒。"

"没喝过酒？一滴也没尝过吗？"

这样一说，我想起来大人们常常聚在一起喝酒，不管有什么事情，都会举起酒杯。如果说自己完全没喝过酒，估计会十分奇怪吧。

"他是不能喝酒的体质，一喝酒就会醉倒，所以才说几乎没喝过。"

小春帮着我说了几句。

"对对，就是这样。"

那之后，因为还有工作上的事情要处理，小春的叔叔也没有多喝。而需要开车的小春一直喝加了碳酸的水。饭菜算得上可口，不过我还是搞不明白，全是小碟的蔬菜到底有什么可吃的。总的来说，这次聚餐更像是场惩罚游戏，让我无法积极地伸出筷子。

"闭上嘴巴吃吧。"

小春在我耳边小声说道。我刚刚似乎在咂着嘴巴咀嚼。

"对了，莲司，你是做什么的？"

小春的叔叔一边品尝着料理一边问道。我和小春交换了眼神，预言应验了。小春甚至早就知道我会在这时被问到职业。

"他在某家个人投资事务所工作，对吧？"

小春看着我的脸，重复了一遍："对吧？"

我点了点头，心里思考着"个人投资"是什么样的工作。

小春的叔叔似乎对这个回答产生了兴趣。

"欸，投资？是股票之类的吗？"

股票？是类似芜菁那样的蔬菜吗？[1]

我支吾着回答道："是的，还要切割什么的，很麻烦。"

"切割止损确实很重要。"

切割止损，这是什么？是指切菜的方式吗？

---

1　在日语中，股票（株）的发音与芜菁（カブ）的发音相同。

"最近我也渐渐变熟练了。"

"那么，接下来我想说一说我和莲司相识的过程。"

小春突然开口了。或许她察觉到了我疑惑的表情，所以才会及时转开话题。

小春开始讲述我和她是如何相识、如何变得亲密，最后决定携手走进婚姻殿堂的。上大学的时候，小春因为个性阴郁，没有什么朋友，那个时候我在喷泉边主动向她搭话。

我无法判断哪些话是真的，哪些话是编的。等到小春的讲述告一段落，叔叔拿出手帕擦了擦眼角。

"我想大哥和大嫂的在天之灵会很开心的。莲司，小春这孩子就拜托你了。结婚是件好事，虽然我已经放弃了。"

之后，话题转到小春叔叔的恋爱史。在二十岁的时候，他在小春父亲的公司上班，喜欢上公司的女同事。

"最后，我都没有表明心意就结束了。如果那时候鼓起勇气告白的话，现在应该会过着不一样的人生吧。我有时在想，时间要是能够倒流就好了。"

"如果真能回到过去的话，叔叔认为历史是可以改变的吗？"

小春开口问道。叔叔思考了片刻，摇了摇头。

"不知道。如果回到过去改变历史的话，说不定连回到过去的自己也会消失吧。这样一来，历史就没法被改变了。这就是所谓的时间悖论。我们所能做的，就是每天都谨慎做出选择，避免将来的自己感到后悔。"

套餐的主菜霜降牛排被端了上来。肉汁的香味直冲鼻腔，让人忍不住想要赶紧下筷。小春没吃完的肉，最后由我和叔叔收拾进了肚子。之后还上了米饭和味噌汤，最后是冰凉的果盘。

"接下来，还请叔叔……"

小春从包里拿出结婚申请书。

"不抓住这次机会的话，再请叔叔证婚可就难了。虽然也能邮寄，可来回太费时间了。啊，叔叔，你带印章了吗？"

"我每次回日本都会带着的。因为有时候工作场合也需要用到。"

小春的叔叔接过结婚申请书，用他那宛如大象般的温柔眼神端详。

"下野莲司，这个名字读起来真有意思啊。"

"经常听到别人这么说。"

小春的叔叔在证人那栏签上自己的名字，我趁着这个时候逃去了卫生间。我不知道该如何对这件事做出反应，想着还是不在场比较好。自己的人生就这样尘埃落定了，好比打棒球时不知道比赛过程，却被人提前预告了比赛结果。我只想和别人一样，享受不知道目的地的航海旅行，可如今这样的乐趣被别人生生夺走了。

我走出餐厅，在顶楼寻找卫生间。我感觉到擦肩而过的男人正在注视我，那是探寻的视线。我以为是身上的衣服沾到了奇怪的东西，可事实并不是这样。

难道是我在这个时代的熟人吗？不，如果是这样，他应该会和我打招呼。

男人很快离开了。应该是自己多心了吧，我在心中下了结论。

我在灯光柔和的洗手间里洗了脸和手之后，回到小春他们身边。刚进包厢，我听到小春的叔叔对我说"恭喜了"，以为是他签完结婚申请书才这么说的，小春却露出有些慌张的神色。

"你还没告诉他吗？"

"不是的，他知道的，只不过——"

"准备什么时候办婚礼呢？如果想在生小孩之前，穿婚纱肚子会很明显吧，还是抓紧办吧。"

他们在说什么。

生小孩？谁的孩子？

真是令人难忘的聚餐啊。餐费是西园幸毅付的。

"算是我的贺礼，祝你们幸福。"

"谢谢你，叔叔。"

侄女表现得有些羞涩，让人联想到她的母亲，真是令人怀念啊。

她有了想要结婚的人，这是最近才在电话里听到的。不是邮件，而是直接打电话说的。幸毅平时一直在海外，这次临时到日本出差，刚在邮件里告诉侄女这件事，就变成三个人的聚餐。侄女预约了高级餐厅，就像是很早之前就预料到了。

幸毅和两人一起搭乘电梯，送他们到地下停车场。侄女的结婚对象看上去有点奇怪，铁青着脸，手臂一直微微颤抖。当听到自己即将要当父亲的消息时，他似乎受到了冲击。侄女明明说他知道这件事，可那个反应怎么看都是第一次听说。幸毅没有结婚，也没有小孩，所以只能推测他的心理状态。不过，这种感觉，与他二十年前刚成为八岁小春的监护人时颇为相似。

两人在停车场坐上进口的双门跑车。侄女让结婚对象坐在了副驾驶座，幸毅开口问他们接下来要去哪里。

"我们去兜会儿风，然后去公园。"

小春说出一个地方，是离市中心有点远的运动公园。

"叔叔，谢谢你愿意做我们的证婚人。"

"别客气。"

侄女脸上绽开笑容，随后发动了汽车引擎。

就在这个时候，幸毅觉察好像有人在注视他。他环顾四周，并没有看到人影。

小春驱动车子，坐在副驾驶座的人也向他点头告别，脸上的表情却不太好。那副表情看上去像是被人强迫着负起责任的小孩，快要哭出来似的。

两人乘坐的车子朝着停车场的出口远去，这时停在稍远处的黑色轿车也发动引擎，像是追着小春他们似的开出了停车场。兴许是偶然吧，幸毅这样想着，并没有放在心上。

## 一九九九

莲司在新干线的车厢中晕晕乎乎地打瞌睡，想起那天自己和小春在镰仓海岸散步的事情。

"我记得那天你被人用小刀刺中了腹部。虽然刀刃只有五厘米长，可凶手是朝着你的腹部狠狠刺下去的。"

正值隆冬时节，附近看不到来玩水的游客，只有在远处遛狗的人。海浪拍打着堤岸，发出低沉的声音。

"凶手藏着小刀，然后用小刀刺中了我。可我却没有受伤。这是为什么呢？会不会是你看错了？"

"嗯，我也不知道是怎么回事，你确实没有受伤。虽然他刺中了你的腹部，你没有流血，也未感觉到疼痛。你当时还拿着武器，形状看起来像根长长的针。"

在警察的记录中，现场没有遗留下类似的物品。那东西究竟去了哪里呢？

海鸥从灰蒙蒙的天空中掠过。


车厢里传来抵达东京的播报声，莲司迷迷糊糊地醒来。

接下来要去救八岁的西园小春。拖住凶手，然后想尽办法逃离，这是小春观测到的历史。

如果历史出现分歧的话，拯救小春的行动就会失败，自己也会因此葬送性命，之后会发生什么事情呢？长大后的两个人在海边漫步，这样的未来会像烟雾一般消散吗？

莲司将笔记本和文具放进拉链敞开的双肩背包里，小心翼翼地抱着背包下车。东京站与二十年后的不太一样，有着从未见过的老旧墙壁。之后，这里大约会在二〇〇〇年进行大规模整修，届时将会焕然一新。莲司见到一个穿着厚底凉鞋、皮肤晒得黑黑的女孩。他曾经在电视上见到过这种打扮，应该是在这个时期流行过的。来来往往的女性装扮能让人感受到时代的差异，不过男性的打扮倒是和二十年后的没有太大区别。

一九九九年，正是诺斯特拉达姆士预言世界将迎来灭亡的那一年。虽然预言并未应验，但当时有部分人确实相信世界会在一九九九年的七月走向终结。今天是四月二十五日，这个话题在电视或广播上应该还会持续两个多月吧。

莲司来到横须贺线的站台，搭上电车。他站在电车车门旁，向窗外望去，二十世纪九十年代的东京街景尽收眼底。

世界上的人还不知道今后将会发生的故事。在大洋彼岸，后年会发生客机撞上大楼的悲惨事件；在东北地区，十几年后会发生大地震，造成大量人员死亡。电车通过港区，车窗外的风景从鳞次栉比的大楼变成了住宅区。越过多摩川，开阔的河畔风景在眼前延伸开来。

下午四点左右，电车抵达镰仓市的车站。

莲司打起精神。穿过检票口，脖子上挂着相机的外国游客来来往往。镰仓幕府就在车站附近，留存下不少历史名胜。西园家位于远离人流的区域，需要搭乘公交车或坐出租车过去。

离案件发生只剩一个半小时了，接下来还有好几件事情要做。莲司在车站的售票机买了返回东京的车票，将新干线的回程票和几张纸币一同夹入笔记本里。

他坐上出租车，去了距离车站十分钟路程的医院。

"你去医院是有什么事吗？"

司机师傅向莲司搭话，大约是对小小年纪却独自搭车的莲司有点好奇。

"是的，我母亲突然住院了。"

莲司装出心急如焚的样子对司机撒谎。

到了医院，莲司从母亲的长夹里取出纸币，付了车费。

"我给母亲送完东西后就回来，请在这边等我一下。您可以将车开到稍微远一些的地方吗？"

说完这些，莲司朝着医院大门迈步。等走到司机看不到的位置，莲司沿着外墙绕到医院的侧面，那里有一个供住院患者散步的小庭院。

树丛深处有一座长满青苔的狮子雕像，大小和真实的狮子差不多。台座上的狮子雕像微张着嘴巴，上下两排的牙齿之间留着三厘米左右的缝隙。莲司将笔记本藏进狮子的嘴巴里。里面比想象中更深，不努力伸手进去确认的话，根本不会知道里面藏着什么。也就是说，没有人会发现这里面的东西。

当莲司将笔记本放入狮子口中的时候，白色的蒲公英绒毛从眼前飘过。这么说来，蒲公英的英文名是"Dandelion"，意思是"狮子的牙齿"。据说是因为蒲公英的叶子与狮子的牙齿相似，才有了这个名字。

莲司回到医院的正面，出租车停在稍远的路边，司机师傅正在车外抽烟。莲司看到马路对面有家超市，便出声询问道：

"我想去趟超市，大概五分钟后回来，可以吗？"

"好，你去吧。"

莲司走进超市，很快找到自己想找的东西。厨房用品的架子上陈列着冰锥，莲司突然想到什么，决定连同胶带一起买下来。

坐上出租车后，莲司告诉司机下一个目的地，前往西园家附近。不过，中途遇上了堵车。

"这个时间段就是很堵。"

或许是游客太多的缘故，镰仓市的部分道路拥挤得厉害。区区几米的距离，就要花上好几分钟。莲司有些懊恼，早知道是这种状况，就该在坐上出租车之前，打个公共电话。无论是打给巡逻警察，还是打给西园家，让他们提高警觉。但是，另一方面，他也有点心灰意冷，不管自己多么努力去抗击命运，最终还是无法让观测到的历史发生改变。即便在乘车前打电话让他们警惕强盗，最后还是会被视作恶作剧电话，走向同样的结局。

"我在这里下车。"

莲司在脑海中计算到西园家的距离，判断跑步过去会更快。他付完钱给司机，然后向司机提议：

"如果您方便的话，能在今晚七点左右来刚才的医院前接我吗？我想请您从医院送我去车站。"

"好，没问题。"

司机很快地答应了。莲司知道他会履行承诺。

莲司下了车，车外的天空逐渐变成淡淡的黄色。凉爽的风吹过来，古香古色的镰仓建筑在天空下棱角分明，更显韵味。莲司从堵塞的车流中迈步向前。

走到狭窄的小路，莲司停下来休息片刻。他调整好呼吸，然后从先前买的冰锥上取下标签。山侧的小路有些陡峭，坡下就是城镇，从一栋栋建筑物之间隐隐约约可以看见地平线。

莲司取出胶带和钱包，然后将双肩背包藏进树丛。那之后，他要与强盗展开恶斗，帮助八岁的小春逃出魔爪，没办法一直抱着拉链坏掉的背包。背包里只有在新干线上买的点心和还没喝完的饮料，丢在这里也没关系。不过，莲司必须带上母亲的钱包，他小心翼翼地用胶带粘在腹部的位置。

西园家近在咫尺，接下来要做的事情关系到小春的性命。另外，自己要做的绝不仅仅是拯救小春，那之后的事情才是此行的真正目的。莲司整理好思绪，再次迈步向前。

# 二〇一九

西园小春的车没有开回公寓，而是在东京市内行驶。我不清楚她要去哪里。对于东京地理一无所知的我，甚至不知道自己身在何处。

"吃不上刚才的牛排，真是太可惜了，看起来很好吃。你知道孕吐吗？"

她说的孕吐应该是指怀孕期间闻到烤肉味道感到不舒服吧。刚才小春没有吃烤肉，可能就是因为孕吐吧。不过，我看了看驾驶中的她，肚子平坦得完全不像怀孕，令人不禁怀疑，她肚子里面有小孩这件事说不定是骗人的。

我们填写完结婚申请书之后，只要提供给政府的相关部门，就可以正式结为夫妻。而且，小春的肚子里怀着我们的孩子，这本身是件值得高兴的事情，可现在的我却感到无比恐慌和不安。明明我才十一岁，每天都在打棒球，连怎么和女孩子打交道都不知道。太可怕了，事情是怎么演变成现在这样的呢？

　　我完全没有做好成为父亲的准备，不过也在情理之中，毕竟这件事对我来说是二十年后才会发生的。但是，现在我感觉自己就像双脚陷入水泥。若是那时躲开了交通事故，肩膀没有受伤的话，未来是不是会变成一张白纸呢？

　　"你看，那边是皇居。"

　　小春一边开车，一边对我说。从副驾驶的车窗望出去，能够看到石墙和护城河。高楼大厦林立的另一侧，这片区域像是被裁剪下来，广阔的空间在其中蔓延开去。

　　"话说，你注意到了吗？平成的年号结束了。"

　　"我现在没心情注意那些。"

　　"和我共同度过以后的日子，你是不是不太愿意？"

　　"倒也不是不愿意……"

　　在毫不知情的情况下，自己的人生被擅自安排了，我的心中充满了怨言。

　　小春用智能手机播放存储好的音乐，然后音乐通过无线电波在车载音响中播放出来。据说这种技术在这个时代是随处可见的。音乐是没有人声的安静乐曲，东京的喧嚣似乎逐渐远去，一幢幢建筑大楼宛若神话世界中的遗迹。

　　过了桥，小春将车停在车站前的投币式停车场。好像是抵达下一个目的地了。小春说过要去运动公园散步，在那之前想要先绕到某个地方。周围并没有看到任何像是公园的地方，眼前只有设计简洁的站前广场。

　　"这里是哪里？"

　　"你要记住这个车站，因为这里很重要。"

　　小春带着我绕了一圈，让我记住车站名称和车站前的景色。

　　"前面是我之前就读的大学，中途会出现一座喷泉。昨晚你就是坐在那边的长椅上，从后面被人袭击了头部，袭击你的是三个年轻男子。"

　　车站前延伸出一段人行道。我跟着小春往前走，不一会儿就看到她所说的地方。在灌木丛围起的广场中，有一座圆形的喷泉。几道细细的水流朝着正上方喷涌而出，在风中化作雾状，空气变得凉飕飕的。

　　"你看，就是那张长椅。"

　　"我就是在这里被袭击的吗？"

　　小春目睹了全过程，叫来了救护车。我在众多围观者的注视下，被救护人员抬上担架。

"好好记住这个地方，因为这里是一切的起点，也是你出发前往过去的地方。除了这个，这里还是我们初次相遇的地方，二〇一一年的四月，长大后的我们将会在这里遇到彼此，当时还是大学生的我坐在这里的时候，你突然向我搭话了。"

喷泉旁边有排木质长椅。小春坐了下来，我也跟着坐在她旁边。

位于人行道中间的喷泉，成了附近居民和学生们用来休憩的场所。

"如果那年我没来这里，不知道会变成什么样？"

"二〇一一年四月，你一定要来。"

"具体的日期是……"

"你来决定吧。我们将会在那一天重逢，这是观测到的结果。"

"当时你立刻认出我了吗？发现我是多年前帮助你的少年？"

"完全没认出来。那时候的我，甚至以为帮助我的少年只是幻觉而已。毕竟连警察都查不出那个少年的来历。"

小春后来会对我抱有好感，或许是对小时候保护自己的英雄产生了某种崇拜的感情吧。

"那时候的我，精神状态非常不好，一直处于案件的阴影中……"

小春从包里拿出平板电脑，稍稍进行操作后，屏幕上出现了与那起案件相关的新闻剪报。她好像扫描了相关文件，一直随身携带以便阅读。"电影制作公司社长家中遭强盗闯入""凶手抢劫后逃之天天""八岁女童受到警方保护"，几个偌大的标题映入眼帘，我读起相关报道的详细内容。

案件发生在一九九九年四月二十五日下午五点半左右，第一名受害者是小春的母亲——西园遥香。她躺倒在车库旁边，疑似被人勒死。警方在西园遥香的指甲中发现了黑色的纤维，大约是在抵抗时无意间扯到了凶手的衣服吧。

凶手在杀害她之后进入屋内。根据报道，凶手留在地板上的鞋印中，出现了与西园遥香所在车库附近相同种类的沙子。

西园圭太郎，也就是小春的父亲，死因是在玄关附近遭人殴打头部。凶器是装饰品紫水晶摆件。八岁的小春偶然目击了犯案过程，杀害两人的凶手将小春作为下一个目标。按理来说，西园小春根本活不下来吧。

可是，在西园家的地板上，除了凶手的脚印，警方还发现了童鞋大小的脚印。经过调查得知鞋印大概是男童运动鞋的。随后，警方排查了周边区域拥有该款运动鞋的儿童，并未找到相符的对象。另外，虽然不知具体情况如何，在案件发生后不久，有位少年倒在了附近的田地里。少年被送到医院之后，偷偷溜走，自此下落不明，他的身份也就不得而知了。警方貌似追查了少年的行踪，可什么也没有查到，案件就在这种情况下渐渐淡出公众的视野。

"从医院消失的少年，说的是我吗？"

"嗯，如果能回到原本的时代，我希望你趁着大人们不注意赶快溜走。"

"我不用将这些事情告诉警察吗？"

"你想说些什么？你穿越到未来的事情吗？我觉得还是别告诉他们比较好。

"悲剧发生时出现在西园家的人，是长大后的下野莲司。我能说明的只有这宗案件未来的走向，也就是案件会陷入迷雾，过去二十年依旧找不到凶手这些吧。

"而且，如果你不快点逃离镰仓市的话，可能会导致最糟糕的情况出现。"

"什么糟糕的情况？"

"那一天，你为了保护我与凶手对峙，凶手记住了我们的模样，我受到警方的保护，可你没有。凶手那个时候应该还在镰仓市，说不定正在到处寻找妨碍他作案的少年。"

"为什么要找我？"

"凶手应该很生气吧，因为你。如果被他找到的话，后果不堪设想。"

长大的下野莲司说，为了让我能够尽快回家，他已经做好了准备。我被送往的医院的庭院里有一座狮子雕像，狮子的嘴巴里藏着回程的电车票、新干线的车票以及钱和写着未来计划的笔记本。

小春操作着平板电脑，找到那家医院的位置，屏幕上出现建筑内部的平面图和狮子雕像。

"我听长大的莲司说起过，一出医院，就会有辆出租车停在旁边。你坐那辆出租车去车站。"

"凶手到底去了哪里？"

"不清楚，不过我们很快就会知道了。"

"为什么？我们应该怎么做呢？"

"在二十年前的世界，你就是为了这件事，才会去镰仓的。"

"不是为了去救八岁的你吗？"

"那只是其中一个目的，不过达成的可能性很高。因为那段历史经过观测，变成了现实。重要的是那之后的行动，我们制订好计划，讨论应该怎么实施，得出的结论是秉持'在过去得到情报，在当下寻找凶手'的方针进行行动。"

蒙着面的男人好像在西园家翻找过贵重金属，应该是在搜寻到值钱的东西之后消失了。据警方的调查，房子后面的斜坡上有块空地，空地上残留着较新的轮胎印，推测凶手是将车子停在那里，方便逃跑。

"你让我逃走后，便独自沿着来时的路返回，我猜你应该是去了逃跑车辆所在的空地，目的是记住那辆车的车牌号，希望通过这些线索来锁定凶手的身份。"

这二十年来，凶手的身份不明，也未能落入警方布控的搜索网。不过，小春他们想要得到与凶手身份相关的线索，然后利用未曾观测的时间向凶手发起挑战。未观测的时间是今天傍晚以后。我的成年时代和少年时代的一天互换结束的瞬间，就会进入白纸般的未来。在凶手依旧逍遥法外的现实结束时，经过观测的时间走向终结，在凶手有可能被绳之以法的未来，小春打算为这宗惨案做出了断。

## 一九九九

耳边传来"嗡嗡"的刺耳声音，大概是小飞虫吧。男人的眼睛没有离开过望远镜，想要用手驱赶飞虫，嗡嗡声却没有远去。

在放大的视野里，男人看见坐落在镰仓市僻静郊区的住宅，外观让人联想到避暑胜地的别墅，占地面积之大堪称豪宅。附近的车库里停放着好几辆车，虽然男人对车不了解，不过这里的每辆车看上去都像是高级汽车，甚至还有造型古典的古董车。

房子后面是平缓的斜坡，山坡上杂草丛生，落叶堆积成软软的脚垫。男人蜷缩在草丛中，与那栋豪宅之间保持十几米的距离，避免被人发现。

豪宅位于小路尽头深处，和邻居的房子隔着好一段距离。即便是发出稍大些的声音，应该也不会有什么问题吧？

男人用望远镜从不同角度观察着房子的外墙。房子正面的墙上装着橙色的灯，估计是保安公司安装的设备，当主人不在时，若是有人侵入这座住宅，那盏灯就会亮起，向外界报告异常情况。即便家里有人，只要按下报警器按钮，灯同样也会亮起。不管是哪一种情形，设备都会通过电话线路向保安公司发送异常信号，保安公司接收到信号后会立刻派人赶过来。

现在屋子里有三个人，两个大人和一个小女孩。如果想要慢慢搜寻值钱的东西，就要保证他们中的任何人都无法按下警报器的按钮。

刺耳的"嗡嗡"声再次传来。男人放下望远镜，寻找可恶的小飞虫，只见到飘在空中的植物的绒毛，根本见不到那些飞虫的身影。男人竖起耳朵，想要寻找声音的来源，才发现"嗡嗡"声是来自他的脑袋。男人挠了挠脑袋，意识到这声音是他自身的耳鸣声。

难道是因为特别紧张，耳鸣的音程变短了吗？所以，自己才会以为是飞虫的声音。可是，耳鸣的音程会发生改变吗？如果音程会发生改变的话，那么是不是可以通过改变身体状况和压力，借助耳鸣来演奏音乐呢？要是能用耳鸣演奏贝多芬或瓦格纳，应该十分有趣吧。男人沉浸在想象的世界里。

傍晚时分的寂静让耳鸣声越发清晰。屋子里的女人走了出来，在庭院的花坛边走动。女人长得很美，看样子应该是这家的女主人，也就是刚才在外面跳绳的女孩的母亲。男人突然想起自己的母亲。

他从口袋中掏出头套戴在头上，也戴上了手套。差不多到该动手的时候了。男人小心翼翼地走出藏身的树丛，努力不发出任何声音。

晚风袭来，飘浮在空中的白色绒毛向着更高处飞去。女人沐浴在夕阳下，正在给花坛浇水。男人从后面靠近，捂住她的嘴巴。女人惊吓得想要大喊，立刻被男人用力按住，拖到车库的后面。等拖到看不见房屋窗户的位置后，男人跨坐在女人身上，勒紧她的脖子。女人睁大了双眼，双腿剧烈地挣扎，想要逃离男人的束缚。不久后，抵抗的力道逐渐变小，女人的瞳孔放大，身体慢慢瘫软下来。

耳鸣消失了，男人进入一片澄澈的寂静世界。

最开始的记忆是父母争吵的画面。渐渐地，父亲的身影在旧日的回忆中消失了。十一岁的某个夜晚，由于忘记关暖炉，家中烧成一片火海。他发现浓浓的烟雾，便从窗户逃了出来。后来，在一片废墟中，他看见了母亲面目模糊的尸体。

他还记得，火灾发生前，母亲正在卧室看电视，那是部看上去异常无聊的日本电影：在开满蒲公英的山坡上，一对男女正在热烈地交谈。母亲大概是看着这一段，迷迷糊糊地睡着了，才会忘记关掉暖炉。母亲总是睡眠不足，因为她清早就要起来做饭，还常常工作到深夜，这样才勉强维持生计。引来母亲睡魔的，正是那部日本电影。

男人在上高中时，天皇驾崩，日本进入平成时代。他从儿童福利院考上高中，因为无法适应周围的环境而中途辍学。后来，他在公寓独自生活，尝试做过好几份工作，交往过的女人曾介绍他去黑社会性质的事务所帮忙。工作内容是在车站前找人搭话，然后将人带到事务所，向他们推销石头。那不是普通的石头，男人解释说，这些散发着神秘光芒的石头具有驱除邪恶、招来幸福的功效。客人听过后，兴高采烈地掏出了钱包。不过，也有人几天后在家人的劝说下回来退货。

当时，社会上发生了奥姆真理教往地铁里释放沙林毒气的事件，还有阪神大地震造成大量人员伤亡。从那个时候起，男人就会偶尔出现耳鸣。空气通过金属管般的声音在脑海中持续响起。他感觉自己的脑袋是金属制成的，里面空空如也。

男人所在的事务所，某一天突然搬空了，同事们下落不明，连交往的女人也不知去向。于是，男人找了其他的工作。

在深夜打工的时候，他和年纪相仿的青年被分到同一个地方，两个人聚在一起聊天。青年名叫N，兴趣是电脑通信。男人从N那里买下二手电脑，下载了Windows 95，也学会了电子邮件和电子留言板的使用方法。辞去深夜的兼职之后，N开始在网上销售合法药物，男人给他帮忙。虽然有了可观的收入，但后来因为金钱纠纷，男人和N分道扬镳。

那个时期，互联网迅速普及。男人通过和N的交流掌握了相关的网络知识，开始浏览地下网站，那里充斥着盗版软件和违法药物的信息。男人在地下网站上找到了一份特殊工作，所得到的报酬远远高于普通的工作。

二十多岁的某一天，男人接下协助某名男性报仇的工作。

　　招募愿意和我一起对卑鄙小人施以惩戒的
伙伴。

　　对方愿意支付报酬，最重要的是，男人很中意"卑鄙小
人"这个词，于是联系了发帖者。

　　"愿意回复那条帖子的只有你，非常感谢。"

　　在咖啡厅见面后，男人发现发帖者是个极其普通的
人。他自称 T，估计是假名字。他一直埋着头，而后小声地
开口：

　　"我想要报复的对象，是小学时的同班同学。"

　　因为被那个卑鄙小人欺负，T 对别人失去了信任，一直
拒绝上学，无法考上高中。工作也总是做不长久，很让父母
伤心。但是，欺负他的卑鄙小人，不仅找到工作、结了婚，
还生了两个小孩。T 绝不允许只有自己的人生变得不幸。

　　男人和 T 一起确认了卑鄙小人的住址，并且事先查明了
他从公司回家的路线。卑鄙小人会在自家门前走过一条人烟
稀少的小巷子。他们决定在那里发起袭击。

　　某天晚上，他们从车站尾随回家的卑鄙小人，伺机从路

旁的草丛中拿出事先准备好的金属球棒，等卑鄙小人一进小巷就挥下球棒。对方发出惊吓的哀号，表情变得狰狞起来。T 不停地挥舞球棒，卑鄙小人很快就不再动弹了。男人捡起旁边的钱包，从里面抽出纸币。T 喘着粗气，露出茫然的笑容。卑鄙小人死了。

在事先预订的商务酒店房间里，男人从 T 那里得到了报酬。T 的情绪异常亢奋，说了很多事情。当 T 说到电影的时候，男人突然想起母亲在火灾中丧生那晚看的日本电影。虽然他对电视画面上的镜头印象深刻，却并不知道那部电影的名字。他一边回忆着电影情节，一边罗列出镜头画面的特点。T 立刻说出某部日本电影的名字。

"你说的电影应该是二十世纪八十年代发行的《蒲公英女孩》，改编自外国的短篇科幻小说，不过原作中没有出现开着蒲公英的山丘。"

T 还说到，发行那部电影的公司，因为代理的外国电影卖座，赚了不少钱。

"'前天我见到兔子，昨天是鹿，今天是你。'这是女主角的经典台词。"

第二天，男人与 T 分开了，从此再也没有联系。案件在全国范围内被大肆报道，因为钱包中的纸钞被尽数拿走，所以警方认定是抢劫杀人，之后也从未听过 T 被搜查的消息。

前天我见到兔子，昨天是鹿，今天是你。

男人已经不记得 T 的模样，这句台词却深深烙印在脑海中，偶尔浮现在他的眼前。

第三章

二〇一九

在西园小春的带领下，我走上东京晴空塔的观景台。这里高达 634 米，即便俯瞰地面的世界，也会因缺乏真实感而感觉不到高度所带来的恐惧。在我生活的一九九九年，根本没有这样的建筑物。

"从二〇〇〇年开始，社会上就有人提议要建造新的高塔，在首都圈的各个地方进行招商。晴空塔从二〇〇八年动工，历时约三年半建成。"

小春看着名为智能手机的板状机器说明，屏幕上似乎显示着相关信息。来到这个时代之后，我去过好几个地方，可无论走到哪里，人们都在盯着手机那块小小的屏幕。

向远处延伸的狭小街道，飘浮着无数雪花似的白色颗粒。它们久久地停留在空中，迟迟不落到地面上。那是蒲公英的绒毛。

小春在观景台上指着各个方向，不停地说着"迪士尼乐园在那个方向""那边是新宿"。

"那边的区域叫丰洲，正在为奥运会做准备。"

"咦，要办奥运会吗？在东京举办吗？"

尽管难以置信，不过这件事似乎是真的。小春让我看了二〇二〇年奥运会和残奥会的会徽，外观相当时尚。

"敲定会徽设计虽然颇费周折，不过也算是很美好的记忆啦。"

坐了一段长长的电梯后，我们回到地面，随后逛了一小会儿纪念品店。我打算买个纪念品，但只有我的意识能回到原本时代，其他东西都会被留在未来，即便买了也没多大意义。

我们驾车前往下个场所。尽管途中绕了不少弯路，最终还是抵达了小春先前提到的运动公园。车子开出停车场，开上熙熙攘攘的马路。小春打开广播，里面传来天气预报的声音，说关东地区入夜后会下雨。

"在我们抵达之前，你能先回忆一下二十年前的案件吗？"

红灯亮起，车子停了下来。小春从包里拿出平板电脑，放在我的膝盖上。我开始重读刚才在喷泉池边的长椅上看过的新闻报道和相关报告。我无法想象这件事给小春造成了多大的心理创伤，在那之后她过着怎样的人生呢？

车子驶过宽阔的桥面，继续向前行驶。我看案件记录看得累了，便开口询问小春和她父母的往事。她说起小时候全家人一起出国去玩，当时她迷路了，好不容易找到父母，哭喊着死死抱住父母的事情。

"妈妈喜欢种花，那天大约是照例去院子里给花坛里的花浇水吧。"

凶手是从一开始就计划杀害西园家的所有人，还是临时起意下手的呢？我记得曾经也发生过歹徒认定屋内没人，却因为被人撞见而失手杀人的案例。

随着车子距离目的地越来越近，导航屏幕上的绿色区域不断扩大。这里是由东京都管理的运动公园。小春将车开进停车场后熄了火，我们走到车外。四周是高大繁盛的树木，太阳开始西斜，夜晚即将笼罩大地。

另一辆车开进停车场。突然，我感到一股视线，虽然只有一瞬间，但我总觉得车上的人正在看着我们，大概是心理作用吧。

"走吧。"小春动作自然地挽起我的手。这突如其来的触感吓了我一跳，不过已经没有最初那种面对陌生人的胆怯。不知不觉中，我对小春生出了信任。"结婚"或"怀孕"这些字眼听起来沉重，但和她相处时就像和家人般轻松。

"怎么了？"

"没事。"

小春拉着我往前走。按照她之前说的，我的旅程将会在这个公园结束。我即将告别这个时代，回到十一岁的身体。

我们走在蒲公英飞舞的公园里，小春轻声哼着歌曲。那是令人怀念的旋律。她握住我的那只手戴着戒指，我仔细看了看戒指的设计，暗下决心要记住这个款式。

# 一九九九

　　躺在地上的女人没了呼吸。脖子上印着男人勒出的指痕。由于太过用力，女人眼球上的毛细血管破裂，双目呈充血状态。眼泪顺着脸庞滑落，划出一道泪痕。男人深吸一口气，洁净的空气盈满于胸。现在是没有耳鸣的宁静时光。

　　男人绕过车库靠近宅邸，确认四周没有监控镜头。他贴在外墙上，听着屋子里的动静，二楼传来古典音乐的声音。屋内只剩下男主人和他的女儿，估计是其中一人，又或许是两人都在二楼的某个房间里欣赏音乐吧。

　　男人从一楼的窗户确认屋内的状况，小心翼翼地不让自己的影子映到窗边。窗帘被人拉开了，能够看见宽敞的客厅，客厅里摆着大屏幕的电视和沙发，整个屋子显出高雅幽静的格调。墙上设有对讲机和电话，还有四方形的面板。四方形面板应该是保安公司设在客户家中的装置，通过灯的颜色来掌握装置的状态。现在灯显示为绿色，代表即便打开门窗也不会启动报警。

　　这时，与走廊相连的起居室闪过一道人影，看上去是位成年男性。人影消失在走廊尽头，对方似乎还不知道自己的配偶已经死了，男人想应该趁着还没被发现的时候尽快行动。

男人找到后门，试着打开时发现门没上锁。刚才的女人就是从这里出去的吧。她大概想着没多久就会回来，所以才没锁门。男人穿着鞋子走进屋内，来到与客厅相连的厨房。柜子里摆放着薄而透明的红酒杯和威士忌酒杯，闪耀出宝石般的光芒。即便这栋房子有酒窖，男人也不会感到惊讶。

进口冰箱的存在感十足，银色的外观简洁大方。男人打开冰箱确认里面的情况，这种行为对他来说虽然意义不大，倒不失为一种恶趣味。冰箱里塞满了新鲜的蔬菜，还有不少酸奶和布丁，应该是接下来要去解决的少女喜欢的食物。此外，还有看上去价格不菲的生火腿，显然不是随便哪家超市都能买到的便宜货，说不定是刚才死去的那个女人为丈夫买的。

冰箱是直冷式的，需要定期除霜，可比起风冷式的冰箱，蔬菜可以保存更长时间。从男人的角度来看，直冷式冰箱更能体现出冰箱的本质。他不禁对这户人家产生了好感。

男人轻轻关上冰箱，想要去客厅，他观察了一下走廊的动静，走廊的尽头是玄关，他屏住呼吸，朝着那边移动。

玄关与楼梯间相连，楼梯沿着墙壁反折通向二楼。走廊贯穿玄关一路往前延伸，尽头处似乎有厕所，传来"哗哗"的水流声。

男人躲藏起来，听到门被打开的声音，接着是洗手的声音。他谨慎地确认走廊的尽头，看到一个中年男人的背影。走廊的尽头是洗手池，男主人正在洗手，之后又开始洗脸，双手掬起水直接扑向脸庞。

玄关处放着一个鞋柜，高度差不多到胸口，上面装饰着某个摆件。那是一块摆在木制底座上的紫色矿石，大约是紫水晶吧。人们相信紫水晶能够带来守护真爱的力量，加深与恋人、家人、朋友之间的联结。这是男人以前在推销石头时学到的知识。他将紫色石头放在手里，感觉沉甸甸的。

"遥香，你能过来一下吗？"

男主人的声音响起。

"遥香，帮我拿条新毛巾过来。"

走廊尽头传来脚步声，男人握紧紫水晶藏了起来。男主人出现在玄关处，脸上湿漉漉的。他蓄着浓密的胡子，看上去像熊一般。接着，他的目光转向男人。

夕阳透过玄关处的采光窗斜射入屋，光线反射在从高处挥下的紫水晶，瞬间在四周洒下星星点点的光圈。男人的手掌受到了轻微的冲击。

风从敞开的窗户吹进来，窗帘微微晃动着。白色的绒毛乘着风，从外面缓缓飘进屋子。

西园小春正在父亲的书房里听音乐。她坐在黑色的皮椅上，凝视着唱片机上旋转着的圆盘。父亲告诉她，唱片机是通过唱针摩擦圆盘的沟槽来发出声音的。但是，为什么这样就能发出声音，小春至今也搞不明白。不过，小春总是看不腻唱针的旋转。父亲的书房里有很多稀奇的物件，汽车模型、外星人玩偶、古老的打字机。父亲喜欢收集电影中用过的小道具。

楼下传来"咣当咣当"的动静，像是家具被打翻的声音。是不是父母不小心摔倒了？小春担心地走出房间。

她穿过二楼的走廊，从二楼往下看去，映入眼帘的是按着头倒在地板上的父亲。暗红色的血液流了一地，父亲嘴里发出微弱的呻吟声。从窗户照进来的夕阳余晖，为这间屋子染上了淡淡的色彩。

"爸爸！"小春大喊一声。

父亲身边还站着一个男人，穿着黑色的上衣，下身是深蓝色的牛仔裤。男人蒙着面，双手戴着手套，其中的一只手还拿着用来装饰玄关的紫水晶。

也许是因为上衣和头套都是黑色的，男人看上去像是化为人形的黑影。他头套下的视线转向二楼的小春，男人正要走上楼梯，将没拿石头的那只手轻轻放在楼梯扶手上，突然停下了动作。倒在地上的父亲用胳膊紧紧缠住了男人的小腿。

实在是太好了，父亲还活着，小春微微松了口气。父亲看着二楼的小春，嘴唇上下翕动，拼命想说些什么。快逃！他的嘴型似乎在提醒小春赶紧逃走。

下一刻，蒙着面的男人用石头猛击父亲的脑袋，不止一次，而是一次又一次。即便父亲的手臂从男人的小腿上垂落下去，男人也没有停止。血泊在地板上流淌开来。最后，男人紧握的石头破碎崩落，散落了一地。

蒙面男人张开双臂，像是在深呼吸，动作宛如登山时到达山顶的人。这期间，小春没有停止喊叫，但男人好像听不到似的，舒适地闭着双眼。

小春犹豫着，想要奔向父亲，可又害怕靠近那个男人。快逃吧，这是父亲告诉她的话。小春穿过二楼的走廊，打开尽头处的门冲了出去。门后是父亲的书房。小春关上门，躲进衣柜里，拼命捂住嘴巴不发出声音。

唱片机还在播放着音乐，小春不知道具体的曲名，只知道父亲曾告诉过她，这是一部老电影中出现过的古典音乐曲目。

父亲大概救不回来了。他死了，被人杀死了。

那母亲呢？如果现在出声呼喊母亲的话，她会来救我吗？

衣柜里挂着好几件父亲的外套，散发出淡淡的香烟味。父亲平日里会吸烟，衣服都染上了烟味。

小春无法赶走脑海中站在楼梯下面的男人身影。她想起男人将紫水晶砸向父亲脑袋的模样，吓得全身蜷缩起来。

地板传来"嘎吱嘎吱"的声音。衣柜的门有一条细缝，只能看到一点点房间内的情形。书房的门被打开，有人走了进来。从有限的视野里看不见对方的全身，不过小春知道，那是刚才楼下的蒙面男人。他悄悄溜入房间的样子，简直就像是爬虫类生物。

　　唱片里的音乐停止了，传来唱针摩擦沟槽的刺耳声，之后周围陷入了寂静。大概是男人干的好事。小春屏住呼吸，此刻就连呼吸声都显得格外突兀。

　　虽然小春看不到房间内的情况，但她能想象出男人竖起耳朵听的模样。过不了多久，男人就会打开这个衣柜，察看里面是否藏着人。小孩能躲的地方毕竟有限，不是桌子下面，就是窗帘后面，然后就是这里。小春的眼泪涌了上来。

　　她捂住嘴巴，透过缝隙努力朝外看。她看到了男人的腰，男人正从挂在腰带上的皮套中抽出一把小刀。

　　就在这时，神奇的事情发生了。

　　楼下传来"咔嚓咔嚓"的声音。有人正在转动玄关大门的门把。随后，门铃的叮咚声响起，有人在"砰砰砰"地拍门。

　　有人想要进入这个屋子，但是打不开大门。

　　会是谁呢？小春立刻想到会不会是母亲。也许在外面的母亲发现了屋子里面的异常，想要进来确认？或者，是蒙面男人的同伙？不过，她从衣柜缝隙里看到的男人，正警惕地贴在墙边，不停转动脖子，显然这骚动是他未曾预料到的。

　　过了一会儿，又传来后门被打开的声音。看来对方是绕去了屋子后面，估计那边的大门没上锁吧。有人进入了屋内，脚步很重，甚至在书房里都能听到嘈杂的声音。小春陷入迷茫。来人会是谁呢？会是警察吗？脚步声径直穿过一楼，上到二楼，就像是预先知道此刻小春在二楼遭遇的险境。

小春透过衣柜的缝隙看向外面，发现男人拿着小刀摆好动作，心中不由得害怕起来。男人躲在打开的门后，一旦对方走进来，就会拿起小刀刺向对方。

不要进来！

小春犹豫着，不知道要不要出声提醒外面的人。

西园家的前方是狭窄的小路，两侧伸展着枝叶的树丛形成天然的拱门。小春的父亲购入这块土地和房子，应该是想要过上隐居生活。远离都市的喧嚣，在这片宁静的土地上将孩子抚育成人，这或许就是他的心愿吧。

视线逐渐变得开阔，一幢独栋住宅映入眼帘。莲司不由得将视线转向车库旁边，或许没有人倒在那里，他心中暗自期待。如果他能在惨案发生前赶到这里，说不定就可以防患于未然。可是，希望落空了。

　　一个女人倒在那里。那是西园遥香。她脚下的地面有许多灰色的线条，应该是挣扎时鞋跟摩擦地面所造成的。曾经在资料里看到的情形，如今就这样出现在莲司的眼前，真实得让人恐惧。他强迫自己不要停下脚步，必须对她视而不见，此刻蒙面男人还在屋内。自己必须刻不容缓地赶过去。

　　莲司握住玄关大门的门把，发现大门上了锁，打不开。他按下门铃，用力拍击大门。高涨的情绪让他忘记了事前规划好的路线。莲司明知道大门上了锁，必须从后门进入。

　　冷静下来，莲司告诉自己。他绕到屋子后方，穿着鞋子从后门进入屋内，穿过走廊。尽管莲司早已对房子的构造谙熟于心，可这还是他第一次在有人居住的状态下进来。

　　西园圭太郎倒在玄关大厅，旁边的地板上有血迹，还有碎落一地的紫水晶，看上去像是凶器。如果现在停下脚步，摸一摸圭太郎的身体，说不定还能感受到温度。他是多久之前遇害的呢？是一分钟之前，还是几十秒前？莲司曾经听小春说起过，他是在西园圭太郎死去后不久来到现场的。

　　莲司走上楼梯，拼命压抑住涌上来的感情。他只从照片上见过小春的父母，虽然已经离开这个世界，但是他们的身体就在楼下，自己却不得不丢下他们，这让莲司心中苦涩不已。在这之后的二十年，小春都将在泪水中度过。

造成这宗惨案的凶手就在二楼。莲司穿过楼梯，书房就在走廊的尽头。房门朝着书房内敞开，里面看上去空无一人。莲司猜测八岁的小春应该躲在衣柜里。现在必须立马冲进去，可他却在书房门口停下脚步。

蒙面的男人正在预谋着什么，莲司对此非常清楚，毕竟他曾听本人说过详情。

"杀人凶手，滚出来！你就躲在门后面，对吧！"

如果在毫不知情的情况下进入屋内，莲司肯定会被男人袭击的。对方拿着刀子，正等待着书房外面的人。莲司握紧手中的冰锥，根据小春的描述，这把武器虽然不能对凶手造成致命伤，但至少能够牵制对方。

"出来吧，我知道你躲在那里！"

书房的地板嘎吱作响，像是有人正在挪动身体。

朝内敞开的门缓缓移动，藏在后面的人现出身形，缓慢的动作让人联想到爬虫类生物。他头上戴着黑布头套，也就是所谓的蒙面罩。透过面罩的两个孔，莲司确认了那家伙的双瞳。

在很长的时间内，那家伙都是谜一般的存在。谁都没有发现他的踪迹，他像是一阵烟似的消失了，没有留下能够锁定其身份的蛛丝马迹，没有人知道这个男人是谁，又是从何处来。

因此，莲司不禁生出感慨，像是发现了传说中的怪物。你到底是谁？从哪里来，又消失到了哪里？莲司的心头涌上诸多疑问。可是，对方似乎也在考虑着相同的事情。男人站在书房门口，用那只没拿刀的手搔了搔头，一脸狐疑地看着莲司。

"你是谁？是这附近的小鬼吗？"

这声音听起来像是二三十岁的人。得想办法让他多说一点，说不定能从口音推测出他老家是哪里的。

"别管我是谁，你为什么要做这种事情……"

"你没看见尸体吗？你上楼的时候，应该看到了吧。普通人看到这种情形，不是应该报警吗？"

莲司观察着男人的外形。男人身上没有佩戴任何能够显示身份的东西。

蒙面男人开始行动了。他抓起书房桌子上的玻璃烟灰缸，朝着莲司砸了过来。莲司急忙低头，烟灰缸飞过莲司的头顶，落在身后的地板上，发出沉重的闷响。

下一刻，蒙着面的男人飞身踢过来。他的腿很长，隔着意想不到的距离踢中了莲司的腹部。小孩子轻飘飘的身体腾空飞了出去，莲司瞬间无法呼吸了。

为了躲开男人下一次的攻击，莲司连忙试着站起来，却发现双腿无法动弹。对方拿着小刀，如果扑过来就完蛋了。但是，蒙面男人转头看向书房尽头，那边的衣柜里传来一阵惊叫声。

蒙面男人走近后打开衣柜，确认里面的状况。衣柜里挂着几件男式外套，外套之间藏着正在哭泣的小女孩。直到刚才，她还在拼命压低呜咽的声音，被男人发现后再也无法忍住尖叫。

那是八岁的小春。虽然发型不同，依稀可以认出五官。比起十一岁的莲司，小春的身形更加娇小。蒙面男人攥紧小春的手腕，将她拖拽出衣柜。小春喊着"不要不要"，拼命抵抗。

莲司站起来，冲进书房，将冰锥的尖端刺向男人。对方马上放开小春，像是警惕莲司的双手般后仰，仿佛蛇缠住猎物那样从旁边抓住莲司的手。

"你拿着什么危险的东西，脑子是不是有问题啊？！"

男人用力将莲司抵到窗边，成年人的身体和小孩子的身体有着巨大的力量差距。虽然莲司常年打棒球，身体素质并不差，但男人的体力依旧远胜过他。

小春瘫倒在地板上，抬起失去血色的脸庞看向这边。

蒙面男人没有轻易靠近莲司，显然是在戒备他手上的武器。莲司继续发问：

"告诉我！你到底是谁？"

这是莲司在看资料时想过千百遍的问题。

"没时间和你这个小鬼废话！我可不是小学生。"

"你知道这里是谁的家吗？"

"我知道啊，有钱的人家。一看就知道啊。还有，这家是……"

男人那双未曾流露出感情的双眸，微微晃动了一下。

"对，我记得是……"蒙面男人嗫嚅着什么，"我前天见到兔子，昨天是鹿……"

男人似乎并不是说给莲司听，而是在自顾自地背诵。

"……今天是你。"

莲司确定男人不是偶然选择这家人下手的，他应该事先调查过这里是西园圭太郎的住宅。刚才他说的话曾在小说

《蒲公英女孩》[1]中出现过，西园圭太郎制作的电影版也采用了这句台词。

这时，莲司的身体受到一阵冲击。就在他陷入思考的空当，男人突然靠近踹了他一脚。小春发出惊叫，莲司瞥见此刻她捂住了自己的脸。莲司失去平衡，倒在地上，冰锥也从手中滑落。

莲司急忙伸手去捡冰锥，可是已经迟了。蒙面男人先他一步，将滚到地板上的冰锥捡了起来。男人慢悠悠地向窗外伸出手，将莲司唯一的武器扔了出去。

莲司马上扑向窗边，想要抓住下落的冰锥，可是他失败了。冰锥沿着外墙坠落，掉在架在地面上的空调外机上，随后消失在空调外机和墙壁之间的缝隙。

莲司和蒙面男人的距离太近了。男人紧紧握住刀子，银色的刀刃约莫有五厘米，虽然不算长，但朝向莲司的刀尖还是让他感到害怕。刀子毫不留情地刺向莲司的腹部。

"危险！"

---

1　美国作家罗伯特·富兰克林·杨的短篇科幻爱情小说，发表于 1961 年。

是小春的声音。

这个动作看起来异常缓慢。小春松开捂着脸的手，用盈满泪水的眼睛目睹了全过程。之后的某一天，她对莲司说起当日的情形。

"凶手将刀子藏在身上，然后用刀刺向我。不过，我没有受伤，这是为什么呢？会不会是小春你看错了？"

"嗯，我也不知道具体原因。不过，你没有受伤，虽然被刀子刺中腹部，却没有血流出来，看上去也不痛。"

莲司跪倒在地。身体确实遭到了冲击，却感受不到被刀子刺中的疼痛。还是说实际上被刺到了，只不过是大脑擅自屏蔽了痛觉，迟些时候才会慢慢感受到痛呢？

莲司碰了碰腹部，发现衣服破了个洞，却没有血流出来。

为什么自己会没事呢？

小春一脸惊恐，大叫着什么。蒙面的男人满心以为问题已经解决了，转身背对着莲司，大约没注意刀子上没有血迹。

莲司站起来，从后面撞向蒙面男人。由于突如其来的袭击，男人向前方倾倒下去。莲司拿起书房桌子上那个古老的打字机，朝着男人的头猛力挥了下去。一阵轰响后，金属制的打字机分崩离析。蒙面男人一边发出呻吟，一边按住头缓缓蹲下。虽然这一击没能致命，但估计短时间内男人无法再行动了。

"就是现在！站起来，我们赶紧逃！"

莲司抓住小春的胳膊，把她拽起来。虽然脚下不稳，但小春还是照莲司说的做了。对八岁的小春来说，莲司明明是来历不明的入侵者，但她似乎笃定莲司不会伤害自己。

两人冲出书房，奔下楼梯。小春扑向倒在血泊中的父亲，一边呼喊一边摇晃着父亲的肩膀。但是，她的父亲显然已经离开了这个世界。

"小春，快走！"

小春抖动着肩膀，转头望向莲司。为什么他会知道自己的名字呢？小春思考着这个问题。莲司抓住她的手臂，将她强行从父亲的身边拽走。他拿起小春放在玄关的鞋子，打开大门冲出了这栋宅子。

蒲公英漫天飞舞，两人在夕阳下奋力奔跑。他们离开宅子附近，跑到狭窄的小路。确认蒙面男人没有追上来，莲司便在那里停下来，让小春穿鞋。

"……妈妈呢？"

小春抽噎着问道。

"我们先逃到安全点的地方吧。"

小春从玄关没有看到倒在车库旁边的母亲。之后才会知道母亲被杀害的噩耗。

"你跑到前面的人家去求救，打电话让警察过来。"

女孩一边流泪，一边看着莲司。

"走吧。"

她穿上鞋后，步伐变得轻松，速度也快了不少。

两人穿过道路两侧枝叶形成的拱形树丛。莲司检查了腹部的情况，之前被刺的地方既没有血迹，也感受不到疼痛。他掀开衣服，想起贴在腹部的皮夹。于是，莲司撕下胶带，确认长夹的情况。皮夹有些地方开裂了，几枚硬币掉落出来。零钱包里放着一元和十元的硬币，莲司意识到刚才刀子可能是刺中了这里。多亏了这个长夹，他才能幸免于难。

如果背包的拉链没坏，他就不可能将长夹贴在腹部，那么说不定就当场丧命了。莲司松了一口气，将长夹贴回腹部。由于胶带被撕下过，黏性变弱了，不过问题倒是不大。

此刻他们距离西园家相当远了，蒙面男人也没有追上来，拯救小春的任务总算成功完成了。虽然这是已经观测到的结果，莲司还是很感谢没有意外情况发生。

## 二〇一九

我一边和西园小春在运动公园开阔的园区里散步，一边听她讲述二十年前的事情。她的目光投向远方，就像是在凝视着二十年前的某一天。

"那名少年将我带到家附近，然后对我说自己还有事情要去做，所以让我独自进去。少年是谁，又消失去了哪里，大人们似乎很在意这些，可我根本不在乎。母亲、父亲一一离我而去，我没有办法思考任何事情。时间慢慢流逝，我才终于想去了解少年的身份，当然也是要向他道谢，多亏了他，我才能死里逃生"。

她向我投来善意的目光，我觉得有些不自在。对我而言，我完全不记得她所说的那些，就像是在听别人的事情。

"你向附近的人家求救，那之后又发生了什么？"

"那户人家只有一位老奶奶，她似乎不太能理解我所说的情况。于是，我试着让她报警，可她有点犹豫。即便如此，她还是看出我应该是遭遇了什么。为了确认情况，她想去我家看看，我连忙阻止她，要是凶手还在那里，那可就危险了。"

虽然费了些工夫，但八岁的小春最终成功说服老奶奶，让她帮忙联络了警察。暮色渐浓，在附近的派出所值勤的两位警察来了。两人前往西园家察看状况，不久后表情凝重地出来了。那之后，据说大量的巡逻车出现在西园家附近，引起不小的骚动。也是在那时，小春终于得知了母亲的死讯。

"邻居奶奶家玄关的门是拉门，镶嵌着有纹路的玻璃窗。我记得当时我隔着玻璃窗看到了外面巡逻车的灯光。红色的灯光打在玻璃窗的纹路上，看上去很漂亮。我坐在玄关的脱鞋处，邻居奶奶当时在和警察说话，不时转过身来看我。之后，她用围裙擦拭着眼泪，坐在我身边，不知要怎么安慰我。于是，我隐隐约约感觉到母亲应该遇害了。我的记忆到此为止，后来我哭到睡着，又过了好些日子。"

我们并排坐在长椅上。视野开阔的运动场在眼前延伸开去。不远处有几名少年正在玩接抛球，看上去像是附近的小学生。平日里我要是去公园的话，也会像他们这样玩接抛球游戏，基本不会悠闲地坐在长椅上。

小春从包里拿出平板电脑，找到案件的相关记录。那是一篇调查凶手逃跑路线的文章，还附带了西园家周边的地图。

穿过西园家后山的树林，爬上山坡，有一块可以停车的空地。那里貌似残留着轮胎的痕迹。

"凶手是不是早就盯上你们家了？"

如果空地上的车是凶手的，那就说明他是特意穿过无路的地方侵入西园家的。要是情况属实的话，凶手极有可能是提前预谋好的。

"正是那个时候，由于公司买下的外国电影很卖座，父亲公司的运营上了轨道，说不定凶手是看到了相关的新闻报道。"

"电影还能买吗？"

"买下的是电影的发行权，不过父亲的公司也制作过几部电影。母亲原来是编剧，会写些剧本，然后由父亲出资制作成电影，看了就会回想起那些快乐的时光。正是因为那部电影，父亲和母亲才会相遇，然后有了我。"

那场惨案后过了几年，公司的业绩持续低迷，最后被别家大型制作公司吞并，电影发行权也被尽数夺走了。小春说着这些话，神情十分落寞。对她而言，那部电影应该有与众不同的意义吧。

"电影的名字叫什么？"

"《蒲公英女孩》。"

"真是个可爱的名字。"

"电影是从罗伯特·富兰克林·杨的短篇小说改编来的。"

我试着想象电影的内容，可是毫无头绪。

这时，一个棒球朝着我们飞过来，落在稍远处的地方，弹跳几次后滚到小春的脚边。玩接抛球的少年们正望向这边。

我本想着要不要把球抛回去，小春先我一步捡起球。她将球紧紧握住，然后朝着少年们高高举起手。

"我要抛啦！"

太阳即将落下西山，世界变得格外清晰，小春的轮廓也越发鲜明。随风扬起的头发、细长的手臂，棒球离开指尖的瞬间，宛如电影中的慢放镜头。白球划着弧线飞过去，落在少年们的脚下。抛得不错，姿势也很像样，大概是经常陪着长大的莲司玩接抛球吧。我不禁猜想，即便肩膀受了伤，长大的莲司在闲暇时光里还是会玩接抛球吧。我渐渐能想象出那个我不知道的莲司与小春之间的关系。

"谢谢！"

少年们向我们低头道谢。我感觉他们仿佛一直在盯着我。

## 一九九九

从大马路通向西园家的路上，入口处有一栋老旧的民宅。

"你去找一下那户人家，向他们说明情况。拜托他们联络警察，能做到吗？"

莲司在那栋民宅前嘱咐八岁的小春。少女呜咽着摇头，害怕得嘴唇发抖。没有办法，她刚刚目睹了那样悲惨的场景，和早有心理准备的莲司不一样。莲司握紧小春的手，她的指尖冰凉得吓人。莲司稍稍弯下身子，让两人的视线保持在同一高度。

"我不能陪你一起去。你必须独自去说明情况，我知道你能做到的，因为历史是这么告诉我的。"

小春仍然一脸惊恐，不过似乎在努力理解莲司所说的话。

"听好，你不能被悲伤压垮，待在原地是不行的。我离开之后，你要去敲这户人家的门，然后向他们求救，听懂了吗？记住，请求他们报警。你能做到的，这是观测到的结果。"

"观测到的结果？"

"对，观测到的。"

莲司重新审视女孩的脸庞。虽然轮廓和五官相同，却显得稚气许多。面前的这个女孩，和莲司熟悉的长大的小春，是不同成长阶段的同一个人。这个女孩在这里经历的事情，与遥远未来的小春息息相关。莲司光是想象，都觉得十分奇妙。

"我们还会相见的。我们要携手面对，别输给命运。见到你真开心，小春，再见了。"

不能一直待在这里，莲司抓住女孩的肩膀，将她轻轻转向那栋民宅的玄关方向。下次再见面，就是在她时间轴上的十年后了。

莲司背对着女孩，沿着来时的路返回。走到中途，莲司回过头，看见女孩手足无措地望着他，但是没有要追上来的意思。大概是不想返回刚刚才逃出来的方向。莲司没有在意，继续加快前进的步伐。

莲司走回能够看到西园家的位置，屏息藏在树丛的后面。这个时候，蒙面的男人应该在屋里搜刮吧，根据警察的记录，屋内好像留下了翻箱倒柜寻找财物的痕迹。

接下来是缺乏观测情报的模糊时间。莲司与小春重逢后，两人都试图整理各自拥有的情报，推测这一天里发生的事情，不过他们弄清楚的部分只到这里为止，并不知道接下来会发生什么。莲司必须谨慎行动。

莲司离开道路，走进杂树林。树枝和杂草的藤蔓遮挡住前路，加上地面崎岖不平，让人难以笔直行走。不过，虽然树林中杂木丛生，还是有方便走动的小路。成年后的莲司多次来到此地探查，找到了野兽经常活动的路。

莲司迂回地绕过西园家，爬上后方的山坡，目的在于抢先到凶手停放逃跑用的车辆的空地埋伏。现在没有必要抓住蒙面男人交给警方，因为观测到的历史并非如此，失败的可能性相当高。莲司要做的是记住凶手用来逃跑的车辆的车牌号，若是有可能的话，在凶手摘下头套时，最好记住他的长相，尽可能收集能够在二十年后锁定凶手居住地的线索。

要是手上有笔就好了，莲司不禁感到后悔，那样就可以将自己的所见所闻写在手臂或大腿上，或许能够在警方的搜查中派上用场。将笔和双肩背包一起扔在那里，说不定是个错误的选择。

直到刚才，莲司都在担心一件事情。在空地上发现的轮胎痕迹，会不会和整件事毫无关系呢？

如果空地上的车是有人偶然停放在那里的，那么这次寻找凶手身份的计划就要泡汤了。

不过，莲司现在笃定车子和案件有关。

"前天是兔子，昨天是鹿，今天是你。"

蒙面的男人确实轻声说过这句话。那家伙并不是随机选择西园家下手的。如果他不是偶然路过的话，那应该是事先规划好了逃跑路线。

拨开斜坡上茂密的杂草，莲司看见一片开阔的场地，那便是此行的目的地了。那里大概位于西园家后山的半山腰，原本似乎是农田，有一条小路通向山脚。

车子就在那里。莲司屏住呼吸，感受到心脏的躁动。那是一辆通身漆黑的车子，似乎是国产车，车窗上贴着黑色的窗膜，不知是为了遮阳，还是为了不让别人看到车内的情况。

莲司蜷着身体，目不转睛地盯着那辆车。他找到车牌号，努力记下那串数字。绝对不能忘记，必须将车牌信息带回未来的世界。莲司在心中反复背诵，同时祈祷蒙面男人会回到这里。车子还停在这里，代表着自己比蒙面男人先抵达。凶手搜刮完财物，肯定会返回这里。

莲司忍不住想要走出树丛靠近那辆车，可最后还是选择待在原地远远地观察。他压低脑袋移动，从不同的角度观察那辆车的特征，根据尾灯形状锁定了汽车的型号。早前对二十世纪九十年代常见车款的调研在此刻发挥了作用，莲司辨认出这辆车是这个时代街上常见的轿车之一。

莲司单膝跪在树丛后方，调整呼吸。这时，他感觉那辆车微微动了。轮胎稍稍下沉，旋即又恢复了原状。

谁会在车里呢？刚才看起来像是有人在车内活动身体。莲司不禁毛骨悚然。兴许是遮光玻璃的缘故，他丝毫没有注意到这一点。难道还有其他人在车内等候？也许凶手是两人组，一人去家里搜刮财物，另一人担任逃跑时的司机。

西园家方向的树丛传出声响，蒙面的男人拨开杂草，现出身影。凶手来了。

莲司屏气凝神，集中注意力。

那家伙手上提着名牌包。根据记录，包是从西园家盗来的，里面似乎塞满了凶手搜刮来的饰品等。凶手警惕地观察四周，然后靠近车子。他笔直走向副驾驶座，走到距离车子还有几米的位置，抬起空着的那只手摘下了面罩。

摘下面罩，男人露出了面孔。他是个脸颊瘦削的青年，看上去像是骨头上贴着一层皮。薄薄的嘴唇、阴暗的眼神，无不让人印象深刻。莲司远远地凝视那张脸，想要牢牢记住他的长相，以便回到未来后能够画出凶手的素描像。

那个青年的脸上没有丝毫得手之后的满足感，他紧皱着眉头，给人一种出现差错的感觉。莲司能够仔细观察青年长相的时间只有数秒，对方很快打开副驾驶的车门，坐进了车子。

莲司猜测，他们会立刻发动车子，开启逃亡之路。虽然没能确认驾驶者让人感到有些可惜，不过至少得到几个能够锁定凶手身份的重要情报，接下来只需目送车子离开后回到未来。

之后，自己大概会在下山途中失足滚下斜坡，然后撞到脑袋，暂时失去意识。等到再次醒来的时候，自己应该已经恢复小时候的意识。

在那之后，就会接续上自己过去的记忆。小时候经历的事情，从自己的主观意识来看，已经是久远的回忆，实际上却是不久后才会发生的事情。天空染上绯红，附近传来阵阵虫鸣。

然而，过了好久，车子都没有发动的迹象。

## 二〇一九

凉爽的晚风吹来，云朵缓缓流动。太阳渐渐西沉，天色变得昏暗。打棒球的少年们开始准备回家。西园小春坐在长椅上打着哈欠说道：

"莲司，厕所在对面，你要是想去就去吧。"

"好的，我想去的话会去的。"

"你还不想去吗？"

"嗯，现在完全不想。"

这是什么对话？要是想去上厕所的话，自己肯定会过去的，我忍不住疑团满腹。

"不过，差不多到时间了。"

"什么时间？"

"我回去原本时代的时间。我记得你说是在傍晚时分，对吗？"

"对。虽然舍不得你，但我们马上就要分别了。"

我记得小春在房间里对我说过，接下来我会在某个时间段里撞到头。不，应该说是我的头会被什么东西击中。正是由于这股冲击，我的意识才会脱离身体，进行时间跳跃，回到原本的时代。

不过，我不知道究竟是什么东西打到了我的头。因为向小春说明这一切的长大的莲司，也不能确切地观测到那个瞬间。

"那是几点几分发生的事情呢？"

"我不知道具体的时间，不过我和长大的莲司讨论过，即便知道也要保守秘密。"

"为什么？"

"为了好好享受剩下的时间。不知道反而能够轻松度过吧。"

确实，如果知道具体的时间，我大概会一直倒数距离被打到头还剩多长时间吧。那样的话，我们就无法悠闲地聊天，说不定我会一直僵硬着身体，下意识地保护头部，还有可能因此无法回到原本的时代。所以，还是尽量不要去想比较好。

"能见到小时候的莲司，我很开心。虽然分手让人感到落寞，但这只是短暂的离别，不要担心。你还有什么想要问的吗？得到未来情报的机会，可是十分难得的哦。"

"我想还是尽量不要知道这个时代的事情吧。"

"你想要改变历史，对吧？"

"说什么历史啊，我可没有那么大的野心。"

我只是希望不让肩膀受伤罢了。只要能避开这件事情就好。

观测到的事情就一定会发生吗？或者说，凭我的意志，就能够改变历史吗？

在这个时代，我经历了太多事情。观测到的事情越多，人生就会越狭窄。我的肩膀将会在某次交通事故中受伤。二〇〇〇年八月十日，那一天绝对不能出门，这样应该就可以避开那场交通事故了。

我必须让时间轴产生分歧，这样我才能通往不同的未来。

　　但是，这样一来，我和小春之间的关系又会如何？会发生什么改变吗？

　　"莲司。"

　　"怎么了？"

　　我看向小春，只见她突然凑近我的脸颊，我们的嘴唇碰在一起。

　　为了避免鼻子撞在一起，小春微微侧了下脸。肌肤轻轻地摩擦，感觉痒痒的。随后她离开我的脸颊，只留下一丝余韵。在能够感受彼此呼吸的距离，她像是在引用哪句话似的，对我说道：

　　"我们还会见面的。我们要携手面向未来，别输给命运。"

　　我沉浸在震惊之中，一时来不及反应，只是机械地点了点头。

　　小春双眼一弯，嘴角绽开微笑。她从长椅上起身，伸了伸懒腰，露出有些得意的表情，似乎在说"我成功了"。不过，下一刻她又惊呼出声。

　　"嗯？"

小春停下动作，看向长椅后的某个地方。

"抱歉，莲司，我去去就回。"

小春向着后方的树丛快步走了过去，似乎是发现了什么东西。

我完全没在意她的去向，还在为第一次和女孩接吻而心旌摇曳。嘴唇上还残留着刚才的触感。就算告诉少年棒球队的队员，他们应该也不会相信吧。

我用手摸了摸脸颊，感觉脸颊像是要烧起来，说不定还脸红了。要是小春回来被她看到，那可就太丢脸了。要不还是去稍微洗把脸吧。这是利用凉水来降低脸颊温度的策略。

我起身离开长椅，寻找公园的厕所，向着小春刚才指的方向移动。根据公园的指示牌，厕所应该是在体育馆的后面，就在停车场附近。

凉风拂过脸颊，路灯一盏接一盏地亮起来，照亮在附近飞舞的白色绒毛。

我注意到在广场玩棒球的孩童大部分都已经回家，只剩下两个人还在玩接抛球。球落入手套的声音，听上去十分美妙，白色的棒球在他们之间来回轮转。

虽然听上去理所当然，不过接抛球在二十年后依然盛行，这实在是值得高兴的事情，我如此暗暗思忖。

厕所出现在眼前，那是一栋简朴的四方形建筑。我朝着厕所走去，有股奇怪的感觉从鞋底传来，鞋子像是被粘在路上。

我停下脚步，确认鞋底，大概是不小心踩到了别人吐在地上的口香糖。

真是的，太倒霉了吧……

好不容易心情好点——我正这样想着，后脑勺突然遭到沉重的一击。


西园小春快步追赶着逃跑的人影，可顾虑到自己怀着身孕，没有办法全力奔跑。尽管小腹还没有隆起，但绝不能伤害到孩子。

在长椅上和莲司接吻后，小春起身伸了下懒腰，突然瞥见一个人影。对方站在树丛之中，由于光线昏暗，看不太清脸庞。小春一回头，对方就立刻逃走，那副模样实在太过诡异。小春犹豫了片刻，还是决定留下莲司，追了上去。

只是离开长椅一小会儿，应该不会有问题吧。等自己返回的时候，十一岁意识的莲司估计还留在长椅上，没有回到原本的时代。小春不知道他回到原本时代的具体时间，不过长大的莲司曾经说过，他是在去厕所的途中被击中头部的。为了以防万一，自己事先问过莲司是否想去厕所，他明显表露出没有想去的意愿。换言之，莲司应该暂时还会待在这个时代。

"等一下！"

小春一边疾步追着人影，一边大声呼喊。经过路灯的时候，小春看清了对方是穿着西装的男性，瘦削纤长的身形让她产生一种似曾相识的感觉。果然是这样，小春确认了自己的想法。

"等一下，大哥！"

小春喊出这句话，对方像是死心似的停下脚步。下野真一郎喘着粗气转身，恶作剧般的表情与莲司十分相似，真不愧是两兄弟，小春这样想着。真一郎的方框眼镜下，露出尴尬但又享受的神情。

"还是被你发现了。"

"你该不会一直跟着我们吧？！"

小春逼近真一郎。对方移开视线，开口说道：

"我是从酒店开始跟着你们的，想说不能错过好戏。为了见证今天这特殊的一天，我在好些年前就已经请好了今天的假。"

"可是你为什么要偷偷摸摸地跟着我们呢？"

"要是莲司知道的话，他肯定会阻止我的。不过，真是感慨万分啊，我看到了难得的画面。二十年前听到的未来一日，现在就在我的眼前上演。现在莲司身体里的，确实是小时候的他。我在酒店的餐厅附近和莲司擦肩而过，他当时根本没发现是我。如果是说谎的话，至少也应该看我一眼吧。"

"这样说来，那辆车……"

离开酒店的餐厅时，小春感觉有人开车跟着自己。当时以为是错觉，现在回想起来，那个人说不定就是大哥。

"接下来要好好调查莲司带回来的情报，找出那起惨案的凶手，对吗？如果有需要帮忙的地方，尽管向我开口。"

真一郎的西装口袋里，露出一串疑似挂绳的物件。

"这是照相机吗？大哥你拍了我们的照片？"

真一郎从西装口袋中掏出一架小型数码相机。

"我正后悔呢。要是身上带着长焦镜头就好了。"

"你刚刚拍了照对吧，晚些时候请传份照片给我吧。"

"……我还以为你让我删掉呢。"

如果是莲司的话，或许会这样说吧。毕竟那家伙挺害羞的，大概会说不想让别人看到自己接吻的照片。

"大哥，这照片很珍贵，请尽快备份。"

"这是我为了捉弄莲司才拍的，没想到会这么受欢迎……"

真一郎表现出有些不知所措的样子。那个吻完全是即兴而为，莲司并没有向他提起过这件事，如果真一郎正好拍下那个瞬间的话，拿来做电脑壁纸也是不错的。

"其实我很想确认下照片效果，不过时间紧急，我先回去了，大哥再见。"

对，现在不是做这件事的时候。尽快回到长椅那边，和十一岁的莲司多说些话，这才是当务之急。如此难得的机会，估计今后再也不会有了。

小春朝着真一郎点头示意，对方摆了摆手。

"那就再见了，下次有机会大家一起吃饭。"

"好的，一定要啊。"

风渐渐染了些凉意。天气预报说这场雨要从今晚下到明天。小春一边快步走向长椅，一边抬头望向天空。不久之后，长大的莲司就要从二十年前的世界归来，他是否已经找到杀害自己父母的凶手的情报了呢？小春难以按捺心绪，想要连珠炮般向莲司丢出问题。不过，在那之前，自己要好好犒劳莲司才行，毕竟他刚刚将小时候的自己从绝境中拯救出来。

小春只要闭上眼睛，就会想起那天的恐怖遭遇。那天对于小春是二十年前的一天，但莲司才刚刚历经那般残忍的场景，说不定会像当时的自己那样，需要接受心理咨询。

"莲司？"

小春回到长椅旁边，环视了一下四周。

刚才还坐在长椅上的未婚夫不知去向。

"喂——莲司，你在哪里？"

小春试着呼唤，没有得到任何回音。

她心中涌起不安。莲司会不会去厕所那边了？他刚才明明说不用去厕所，难道是说谎吗？小春决定去厕所那边一探究竟。

根据长大后的莲司的记忆，小春知道他大约是在什么地方失去意识的。莲司说自己是在公园厕所附近踩上了谁扔在地上的口香糖，正准备确认鞋底时被人从后面袭击了头部。为了应对今天的突发情况，两人事先来到这个运动公园勘察地点。小春心里想着如果去那个厕所的话，应该就可以看到昏倒在地的莲司。

可是，那里并没有莲司的身影。

究竟是怎么回事？难道是莲司的记忆出现了差错？实际上他是在别的地方被人袭击的？或者说观测到的结果出现偏差，莲司进入了另一条时间轴？

穿着棒球服的两名少年，边说笑边推着自行车经过，看样子刚才应该是在附近玩接抛球游戏。长大的莲司曾提起过他们，说是在去厕所的途中遇到过这两位少年。在这之前，莲司甚至还和小春讨论过自己被他们丢的球打到头的可能性。

"请问，能占用你们一点时间吗？"

听到小春的呼喊，两名少年停下脚步。

"你们在这附近看到过一个男人吗？"

"啊，这附近人很多啊。"两名少年互相看了一眼，歪着头问道，"你找的是谁呢？"

"你们刚才在这边玩接抛球游戏，对吗？"

"是的。"

"那么，你们投出去的球，有没有飞出去打到谁的头呢？"

少年们露出讶异的表情，摇了摇头，似乎难以理解小春为何会提出这样的问题。他们看上去不像在说谎，大概真的没有打到莲司。

"我知道了，谢谢。抱歉，问了这么奇怪的问题。"

小春说完后，少年们点头示意后再次推着自行车离去。

真让人头疼啊。莲司究竟去了哪里呢？

小春试着在周围逡巡，嘴里不停地呼唤着莲司的名字。

"莲司，你在哪里？！"

路灯点亮了四周，天色渐渐暗下去，运动公园里的人越来越少，甚至连遛狗的人都不见了踪影。小春走到体育馆和网球场附近，寻找莲司的身影。如果放在平时的话，小春肯定会打电话给莲司，可现下他身上没带手机。

小春转而打给真一郎。电话立马就接通了。

"喂，是大哥吗？你现在在哪里？"

"我在公园的停车场，现在正准备出去。莲司怎么样了，已经回来了吗？"

"他……"

小春将情况说给真一郎听，他当即决定帮助小春一起寻找。但是，真一郎似乎平时缺乏运动，只走了一小会儿，就变得气喘吁吁的。刚才也是，他飞速逃离现场，小春没跑几步就追上了。看来真一郎在运动方面确实不太行。

"时间跳跃现象已经发生了吗？"

真一郎问道。小春点了点头。

夜幕笼罩了整个大地，估计少年时代的莲司已经回到了二十年前。没能亲眼看到这个场面，小春感觉有些遗憾，但现在不是想这些的时候。

"也就是说长大的莲司回到这个时代了。那家伙不会睁开眼就坐公交回家了吧。"

"我们事先商量过很多次，要是他在公园醒过来，那时我应该就在附近，说好一起回家。即便我不在周围，莲司也会出声寻找我的。"

"这样的话，就等着他联系你吧。"

真一郎瘫倒在附近的长椅上，看上去筋疲力尽。过了一会儿，他拿出数码相机，开始查看刚才拍摄的照片。他对弟弟很有信心，即使遇到什么棘手的事情，莲司也能想到办法解决。

可是，小春内心充满不安。莲司会不会遇到什么意料之外的麻烦呢。十一岁的莲司回到了原本的时代，也就是说现在的世界正在进入不曾观测过的历史，不论发生什么事都不奇怪。

话虽如此……小春开始在意真一郎拍摄的照片。

"请给我也看一眼吧。"

小春从真一郎手里接过相机，液晶屏幕上出现从远处拍下的莲司和小春。小春按下按键，屏幕上随即切换成两人步入餐厅的偷拍画面、在车站前的小路上散步的画面、去游览晴空塔的画面。这是一部无反相机，虽然画质比手机要强，但正如真一郎所说，要是有长焦镜头就更好了。虽然隔着好一段距离，真一郎还是成功捕捉到了两个人接吻的瞬间。

小春浏览着照片，突然注意到某件事。她放大眼前这张照片的局部，陷入了迷茫。

这是怎么回事？小春有股不祥的预感。

"怎么了？"

真一郎探头过来，看着小春。

小春摇了摇头，这件事她也不清楚，说不定是偶然吧。不过，不安的情绪越发浓烈。

乌云正从西边涌过来，看样子马上就要下雨了。

## 一九九九

有声音传入耳中，不知道是谁在说话。身体沉甸甸的，仿佛经历了一场拼尽全力的奔跑。不过，比起这个，更让人难以忍受的是脑袋上的疼痛——像是一跳一跳的抽痛。在漆黑的视野里，刚才那个呼喊声变得越发清晰。我感觉像是从黑暗的大海中浮出水面，睁开了双眼。

"你还好吧？"

眼前是一张陌生男人的脸，他担心地盯着我看。那副打扮看上去像是农民。我闻到一股泥土的气味，这才发现自己此刻正仰面躺在地上。

这儿是哪里呢？看起来不像是刚才和西园小春所在的运动公园。旁边是杂草丛生的斜坡，还有农田，而我就躺在两者的分界处。虽然天色暗沉，但此时还未完全入夜，隐约能看见周围的景色。我试着从地上起身，却感觉身形不稳，难以站直。

"你还是先坐下吧。估计是受了伤。"

男人让我坐回地面。我盘腿坐下，不经意间看到自己的鞋底。好奇怪，原本应该粘在鞋底上的口香糖不见了。

"啊，对了，那是……"

我是在运动公园踩上口香糖的。

我陷入混乱，难道刚才的一切都是梦吗？变成大人的我的身体、小春嘴唇的触感、二十年后东京的街景，这一切都是梦境？可未免太过真实了……

我的身体回到了小孩子的状态，手脚也是习惯的长度。我拉开上衣的领口，试着确认右边的肩膀，那里并没有交通事故留下的疤痕。此外，现在的我全身都沾满了泥巴。

"请问，这里是……发生什么事了？"

如果在梦中听到的事情是真的，那我大概有了答案。

"你不记得了吗？"

男人面色凝重。

"你突然从斜坡上滚下来，我吓了一大跳。我送你去医院吧，你好像摔到头了，还是去医院看看比较好。"

"现在是公元几几年？"

男人对这个问题似乎颇为费解，不过还是给出了答案——一九九九年。我应该是回到了原本的时代。

田边停着一辆小货车，男人似乎要开小货车带我去医院。走近小货车，我看见车牌上写着"镰仓"。小货车亮起车头灯，在崎岖的山坡上行进。顺着弯曲的坡道，小货车开上宽阔的道路，和几辆巡逻车擦肩而过。

男人将小货车停在医院的停车场，带着我进入医院大楼。他向柜台的护士说明情况，之后便告辞离开了医院。男人转身离去，护士带我来到诊疗室，让我平躺在床上以防出现意外情况。

"我去叫医生过来，你在这里等一会儿。"

说完后，护士便离开了诊疗室。我一边看着天花板，一边回想起小春和我的对话。确实是这样。小春曾经对我说，让我尽可能快地离开这个小镇。犯下血案的凶手还在附近，他见过我的模样，所以我现在很危险，最好马上回宫城县的老家。这是小春那时对我说的话，实际上是这样吗？

她也提起过未来的莲司预先藏好了回家的新干线车票。车票就藏在医院中庭的狮子雕像里，让我记得去检查狮子雕像的嘴巴。她拿出宛如有魔法的平板电脑，给我看了几张医院的照片。我甚至还记得从诊疗室到中庭的道路。

我还是去瞧瞧好了。如果狮子雕像的嘴巴里有小春说的车票，那就证明一切不是梦境。

　　我起身探查走廊的情况。如果被护士发现的话，说不定会被带回来。我回忆着显示在平板电脑上的医院平面图，拐过角落，穿过门口，来到医院大楼的外面。

　　从修剪平整的植物缝隙中，一条小路蜿蜒而出。夜晚的空气格外清新，这里大概就是中庭吧。

　　狮子雕像就在小路的尽头。灯光打在雕像上，狮子正趴伏在台座上，只有脑袋抬起来。狮子雕像的大小与摩托车差不多，我要挺直身体才能勉强摸到狮子的嘴巴。狮子的嘴巴里上下两排都有牙齿，我将手伸进那两排牙齿的缝隙之间。

　　指尖好像触摸到了什么，我拿出来一看，是眼熟的笔记本。为什么会在这里呢？我感到不可思议。这绝对是我的东西，是我放在房间书桌上的笔记本。我翻动笔记本，迅速扫了一遍内容，里面写着大段文字，画着曲线图之类的图表，还夹着几张纸币和新干线车票以及电车车票。

　　这一切都不是梦。我的意识确实进入了二十年后的身体。今天一整天，和我互换身体的长大后的我，意识就在这副身体里活动。上衣有些地方破了，约莫是我从山坡上滚下来的途中弄破的吧。

　　总之，我先离开镰仓吧。如果被逃走的凶手发现了，那可就危险了。我不知道对方的长相，可对方却看见过我的脸。我平安离开镰仓，这是观测到的结果，所以我倒没有多少危机感。

我走到医院正面的道路上，如果运气好的话，路边会正好停靠着一辆出租车。我一走近出租车，后座车门就自动打开了，看上去像是一直在等我。这是我第一次单独坐出租车，所以并不清楚应该怎么做，是不是只要告诉司机目的地就可以了。正当我左右为难的时候，司机转过头问道：

"你确定是要去车站吗？"

"是的，拜托您了。"

我不禁在意起司机说的话。听他的口吻，他似乎早就认识我了。还是说他把我误认成别人了。

司机发动车子，医院渐渐被我们抛在后面。我靠着椅背，长长地舒了口气。整个人精疲力竭，感觉浑身都疼，甚至身上还有瘀青的痕迹。我真的很想逼问长大的我，究竟经历了什么？

天色渐暗，可莲司还是迟迟未归。母亲担心儿子的安全，跑去派出所找警察帮忙。她还给莲司的同学家打去电话，询问莲司是否去过。一位少年棒球队的队员说，曾经在车站附近的电话亭见过莲司，还和他打过招呼。除此之外，没有任何关于莲司的消息。

下野真一郎一边在客厅里玩掌上游戏机，一边等待弟弟归家。母亲在客厅和厨房之间来回踱步，看上去一副坐立难安的样子。

"莲司说过自己可能会很晚才回家，还让我们不要担心。"

父亲在厨房喝着咖啡，不停抖动着双腿。

上午的时候，被砸到头的莲司回家之后，立马又跨上自行车出门了。当时，莲司虽然和父亲说过几句话，却并未说自己要去往何处。

莲司究竟去了哪里呢？难道是离家出走？还是说他因为头部遭到重创，陷入梦游的状态，此刻正在大街上游荡？

夜里十一点半左右，家里的电话响了。母亲飞奔过去接起电话，随后露出松口气的表情。打来电话的人应该是莲司，真一郎心想。

"莲司，你现在在哪里？！"

在母亲的追问下，莲司说自己现在在离家最近的车站。

从家开车过去只要五分钟。

父母前往车站去接弟弟，真一郎一个人看起深夜节目，没多久就听到车子的声音，似乎是他们回来了。真一郎原本以为，弟弟这么晚还在外面游荡，在车上肯定会被臭骂一顿，可没想到父母对他的态度十分温柔，估计是看到儿子平安回来，终于可以安心了。不过，回到家的莲司看上去有些失魂落魄，即便跟他打招呼，他也毫无反应。他浑身脏兮兮的，衬衫还破了洞。真一郎禁不住担心，弟弟是不是卷入什么麻烦事情了？

"你回来啦，莲司。你去哪里了？"

真一郎试着和莲司搭话，莲司打着哈欠，搔搔头回答道：

"嗯……就算我说了，你也不会相信的。"

弟弟洗完澡，一身清爽地回了自己的房间。真一郎和父母同去房间看望莲司时，只见他瘫倒在床上，连棉被也没有盖就睡着了。

第二日是周一，莲司在父母的命令下休息一天，并被带到医院重新接受头部检查，好在没有什么大问题。真一郎从就读的初中放学回家时，诧异地发现弟弟竟然坐在书桌前，一个摊开的笔记本摆在他的面前。真一郎正吃惊的时候，莲司又冲向客厅，将电视频道转去新闻节目，专心盯着屏幕里播放的镰仓市强盗事件的新闻。

父母想方设法询问莲司昨天去了哪里，可只得到让人一头雾水的回复。

"我记不太清了。等回过神来的时候，已经站在车站前面了。不过，现在没事了，我完全好了。"

父母只好放弃追问到底。尽管他们想要弄清楚儿子的去向，不过平安回来才是最重要的。

弟弟从周二开始正常上学，可母亲无法从琐事中脱身，警方通知她去取停在路边的自行车，之后她又去派出所询问有没有人送长夹到失物招领处。莲司不记得自己骑着自行车出门，也不记得自己拿走了母亲的长夹。

异常气候造成的蒲公英绒毛飞舞的现象，随着时间推移逐渐减少，最后终于完全消失不见。某一天，真一郎来到弟弟的房间，弟弟当时不在，书桌上摆着新闻剪报。真一郎感觉有些奇怪，看了才知道剪报的内容是前些天发生在神奈川县镰仓市的强盗杀人事件，死者是电影发行公司的社长夫妇，而凶手至今仍未落网，只有年幼的女儿幸存。向来一心扑在棒球上的弟弟竟然会收集剪报？真一郎受到冲击，怀疑弟弟的脑袋是不是还没有恢复正常。

"哥，搞什么，你怎么在这里？"

弟弟站在房间的门口。

"莲司，这是怎么回事啊？你到底怎么了？"

真一郎抓着新闻剪报，询问莲司。如果是喜欢的棒球选手的报道，真一郎还能理解，可弟弟收集这种骇人案件的剪报，真的让人无法想象。

莲司挠着剃得短短的平头，露出似乎下定决心的表情。

"哥，我能和你聊会儿吗？"

"什么事？这么严肃。"

"你还记得之前我晚回家那天吗？实际上，那天我经历了非常奇怪的事情。由于太过不可思议，我一直都没说出来。如果说实话，估计你们会以为我脑子坏掉了。"

"到底是什么事啊？我现在就有点怀疑你脑子是不是不太正常。"

"虽然大概率你不会相信……"

弟弟谨慎地说出事情的来龙去脉，由于内容太过离奇，真一郎感到十分震惊。弟弟在棒球练习中被球砸到头，之后失去意识，睁开眼睛后身体竟然变成了大人，去了二十年后的未来世界。他在二十年后度过一天，然后再次回到小时候的身体，只是醒来时躺在神奈川镰仓市。

"你开玩笑也有个限度吧。"

"可是，我在二十年后的未来世界听到的案件，真的发生了……"

莲司将视线投向新闻剪报。按照弟弟所说的，长大的莲司和十一岁的莲司交换意识，来到了这个时代，如果这些都是真的，那么那天在家里和他聊天的就是成年的莲司。他为了从强盗手中救出那名叫西园小春的八岁女孩，才动身前往镰仓。弟弟不像是在说谎，表情异常认真。

"你在二十年后的未来世界，看到了什么？"

"我看到了伤痕。长大的我在一场交通事故中受了严重的肩伤……"

"你有证据吗？你没从未来世界带回些什么吗？"

"去到未来的只有我的意识。所以，我无法带回任何东西。不过，有样东西说不定可以成为证据。"

莲司从书桌的抽屉里取出一本笔记本。笔记本看上去颇新，似乎还没怎么使用过。按照莲司所说的，笔记本和新干线的回程车票都藏在镰仓市的医院中庭。

"长大的我写了很多……不过，内容我完全不懂。"

真一郎接过笔记本，开始翻看起来。每页都是用铅笔潦草写下的文字和数字，还有类似曲线图的图表。真一郎不确定这是不是莲司的字迹，即便小时候写字很丑，说不定长大后字迹会变工整。

真一郎发现其中一页上写着六个数字，根据说明，这是LOTO6 的中奖号码。LOTO6？那是什么？真一郎没有听过这个名词。

"总之，你不要告诉任何人。要是说了，大家只会担心。"

真一郎合上笔记本，如此叮嘱弟弟。

此刻我正在新干线的车厢里写着这封信。当你读到这段文字的时候，你应该已经去过二○一九年了吧。你所见到的未来，是否和我见到过的未来一样呢？如果你和我是时间轴上的相同存在，那我就能明白你心中的困惑以及愤怒。

　　不过，我没有时间了。所以，请别再为不公平的命运叹气了。接下来，我会在笔记本上写下一些信息，现在的你或许还无法理解……

　　信的内容没有结束，这是写在笔记本上的一段文字，而信的对象正是我。

　　我不知道自己是不是去过二十年后的世界，时常觉得那不是现实，可有时又觉得那天果然不是幻觉。

　　打开电视，屏幕里正在介绍一种叫 ETC 的新型技术，据说将来会用于高速公路的电子收费系统。从明年开始这种技术会在部分地区进行试点。而我在小春驾驶的车上，已经实际体验过 ETC 系统。

　　时间来到七月，世界并未像诺斯特拉达姆士预言的那样走向毁灭。进入八月后没多久，我的世界却坍塌了。

　　我十一岁的暑假是在医院度过的，因为暂时无法随意行动，只好在床上盯着电视里职业棒球相关的新闻消磨时间。

　　"为什么会变成这样？"

　　来到病房的哥哥一边打开窗户一边这样说。窗外传来阵阵蝉鸣，夏日的暑气也涌了进来。

"你肩膀的伤，太可惜了，莲司。"

在二十年后的未来，我被告知将来会遭遇交通事故，也会因此被迫放弃棒球。为了避开那场事故，小春告诉过我车祸发生的大概时间。根据她的话，车祸应该会在二〇〇〇年八月十日发生，我向她反复确认过多次，可没想到的是，车祸的日期提前了。

一九九九年八月十日，我在骑车去附近朋友家的途中，发现有汽车的声音向我靠近，可等我反应过来的时候，已经连人带车被撞飞了。我重重地摔在地面上，虽然意识尚存，身体却无法动弹了。在被救护车送去医院的瞬间，我的脑海中充满了疑问。

为什么？车祸不是应该一年后才会发生吗？难道是小春向我说谎了，还是说我搞错了日期？撞向我的车子肇事逃逸了，直到现在都没找到司机，不过我并不在意这个。我把怒气撒向了神明，觉得是神明要毁了我的肩膀。神明发现人类想要改变命运，有意将车祸的日期提前一年，以此来阻止人类更改早就写好的剧本。

接受手术后没多久，医生找我们谈话，说明我肩膀的情况以及今后是否可以接着打棒球。我明明对此做好了心理准备，可还是忍不住在父母面前哭了。从很小的时候起，我就憧憬着当棒球选手，收到玩具棒球的礼物，也能玩上一整天。看电视转播的职业棒球比赛，我时常会想象着自己也在棒球场上的场景。就连在睡梦中，我也会紧紧握着棒球。我人生中的大部分时间，都在为了当上职业棒球选手进行特训。我喜欢练习赛中站在投手丘上闻到的气味，以及那种紧张感，还能隐约闻到风中的泥土气息。我一直抱着自己将来或许也能当上职业棒球选手的期待。至少这个做梦的权利，神明不应该从我这里夺走。

趁着护士换绷带的时候，我看了看肩膀的伤痕。缝补皮肤和肌肉的痕迹，与我在未来看到的手术疤痕是相同的。观测到的事情，比想象中更早地变成了现实。

如果棒球在生命中消失的话，那么自己究竟还能剩下什么？

我怀着灰暗的心情，哭了整整一天。

出院之后，我开始做复健活动，状况却没有丝毫好转，就连正常生活都很难。我心中悲痛不已，在自家的走廊里活动右手，这时突然有人向我搭话。

"嗨，朋友。"

"嗨，朋友，你感觉如何？"

是同在少年棒球队的山田晃。他穿着沾了泥点的棒球服，剃得光光的脑袋上闪着晶莹的汗珠。大概是练球后直接来探望我的。我们是投球手和捕球手的搭档关系，每天都是我投球，他接球。伴随着清脆的"砰"的一声，白色的球落进他早就准备好的捕手手套里。只要一想起那些画面，我的眼泪就抑制不住地流下来。

"我的右手好不容易才能抬起来，直到现在肌肉还僵硬得像石头一样，真是让人头大。要是强撑着动一动，肩膀就像要裂开似的疼。"

我缓缓抬起右手，向山田说明情况。

"那么，棒球的练习，估计你短时间内来不了了吧。"

"别说短时间了，估计我打不了棒球了。教练还没对你说过吗？"

"说过，不过我不太相信。"

"不，你相信吧。"

"我无法想象不能打棒球的莲司。只要认真复健就没问题的，你一定可以接着打棒球。"

"真的吗？"

缓缓移动右手，宛若针刺般的疼痛传来，我禁不住皱起眉头。

山田晃担心地看着我。

"我常常想起，之前你和我说过的事情。"

"什么事？"

"之前我说过等上了中学，可能没办法继续打棒球了。"

"咦，你和我说过吗？"

"你不记得了吗？"

我试着搜寻记忆，却毫无结果，完全不记得山田和我说过这件事。

"欸，总之当时你还鼓励我不要放弃，所以我才决定继续打棒球。"

"那是什么时候的事情？"

"大概是四月末吧，我们不是在车站附近的电话亭旁边遇到过吗？就是你在投手丘被球砸昏过去的那一天。"

那一天，不就是我的意识去往未来的日子吗？如果是这样的话，当时和他交谈的应该是二十年后的下野莲司。难怪我对此毫无印象，那就先顺着他的话说吧。

"……我想起来了，好像是这样。"

"莲司，长大后我们也要继续一起打棒球哦。"

"要是我的肩膀能恢复如初，到那时再说吧。"

"不能恢复如初也没关系，就算你丢出的球软趴趴的。不管变成什么样，你都不要放弃棒球。"

啊，他说得没错。之前我彻底陷入绝望状态，可实际上并非完全不能打棒球，尽管没办法达到从前那种水平。先不说能不能成为职业棒球选手，即便投不出快速球，也还是能打棒球的。我心中的阴霾顿时散去，向山田道谢。

"谢谢你，朋友。"

"我会再来看你的，朋友。"

从那之后，我开始思考棒球以外的人生。首先浮现在脑海中的，就是她。

我时常搜索关于那起镰仓惨案的新闻，只要看见报纸和杂志上的相关报道，就会剪下来保存。从凶手魔爪下捡回性命的八岁少女，那之后再也没有任何新的信息。如今她会在哪里生活呢？是福利院吗，又或者是叔叔家？

只要想起西园小春，我的胸口就会躁动不安。她在公园里将球丢给少年们的身影还历历在目，搭乘她的车、在公园里听她说明令人费解的时空跳跃现象时，明明没有什么感觉，可自从那个吻之后，我却对她越发在意。我喜欢上她了吗？还是说我知道自己将来会和她迈入结婚的殿堂，所以总是控制不住地想起她呢？

失去了生命中的重大目标，我时常会沉浸在低落的情绪中。每当这种时候，我就会想起她曾经为我哼过的曲子。

"别输给命运。"她如此对我说。这句话鼓舞着我从低谷中站起来，也让我对她越发感激。

不知从何时起，拯救还是小女孩的她，并且帮她找出真凶，成为我新的人生目标。

## 二〇〇〇

下野真一郎通过升学考试，进入预科学校学习。他听到"LOTO6"这个词，是进入十月后没多久的事情。电视上对这款即将发行的彩票大肆宣传，从 1 到 43 中选出六个数字，只要支付几百日元，就能拿到一张抽奖券。到了开奖日，系统会随机抽选出六个数字，以此作为中奖号码。如果你选的数字和中奖号码有三个以上相同的话，就能拿到奖金。

真一郎记得"LOTO6"这个词，是因为弟弟莲司。去年，他突然不知去向，直到深夜才回家，那时他带回来的笔记本上就写着这个词和一串数字。真一郎去莲司的房间，想让弟弟再给他看看当时的笔记本。

"写下这个词的是来自二十年后的你，对吗？"

"嗯，应该是。从现在开始算，准确来说是十九年后。"

莲司扭动右肩，做着伸展运动。经过一年多的复健，他的肩膀已经恢复到不影响正常生活的程度。

真一郎翻到写着"LOTO6"的那一页，之前翻看的时候还不知道这个词是什么。不过也没办法，毕竟去年还没有这个词呢。

排列在笔记本上的数字约莫是中奖号码，旁边还写着是第几次的抽奖，下周开奖的号码也写在了上面，如果现在去彩票店买这组号码的话，应该赶得及下次开奖的日子。

"要不我们试着买一次？"

考上高中之后，真一郎在学业之余也开始在餐厅打工，不过他和店长性格不合，一直想辞掉那份工作。虽然会不会中奖还很难说，不过要是能中奖的话，就可以下决心辞职了。即使中不了大奖也没关系，只要中奖的钱足够买游戏软件就行。

真一郎和弟弟打过招呼后，便借走了笔记本。超市停车场附近有家彩票店，那里应该会出售LOTO6的彩票。真一郎当下决定出门去买，他将笔记本卷成筒状，敲着肩膀出了门。

他骑着自行车来到附近的超市，找彩票店的老板娘咨询如何填写抽选LOTO6号码的卡片。他参考着笔记本上的数字，用铅笔涂黑那六个数字。两百日元就能买一张彩票。

开奖日是下周的周四，刊登着中奖号码的报纸将会在第二天送到家里。到了周五早上，真一郎打着哈欠爬出了被窝。他洗完脸戴上眼镜，开始确认报纸上的中奖号码。不过，说实话，真一郎没有抱太大的期待，即便是未来的情报，也并不意味着就是对的。毕竟，弟弟遇上车祸的时间整整提前了一年。

真一郎在报纸的各种版块中找到中奖号码。LOTO6的中奖号码，刊载在方形栏里。

"真一郎，你看完报纸了吗？我想上厕所时看。"

背后传来父亲的声音，真一郎没有在意。他手里拿着彩票，发现自己选中的六个数字，就印在报纸上。他比对着这串数字和报纸上的中奖号码，反复确认。

"莲司！你差不多该起床了！"

母亲的声音从楼梯方向传过来。她正在喊二楼的莲司起床。

"我说，真一郎……"

父亲的声音再次响起。

报纸上除了刊载中奖号码，旁边还写出了中奖金额。真一郎用指尖数了数奖金的位数。不，或许是弄错了。真一郎再次确认那六个数字，然后又数了数奖金的位数。

"啊……"

真一郎想要呼喊莲司的名字，却发不出声音。

弟弟一边活动着肩膀，一边从楼梯上走下来。

"早啊，哥哥……你怎么了？"

真一郎不知道旁人如何看待自己现在的状态，不知从何时开始，父母也一脸担心地默默看着他。LOTO6彩票只是一张薄薄的小纸片，真一郎将彩票递给弟弟。

"中奖了哦，这张彩票……！"

"哦，中了几百日元？"

"……那个笔记本你还带着吗？没有丢掉吧？"

"嗯，好像还在书桌的抽屉里。"

真一郎爬上楼梯，进了弟弟的房间。他从抽屉中翻出笔记本，找到之前飞快扫过的曲线图的那一页。从旁边的批注来看，这是日经平均股价的走势图。上面所记载的不是过去的数据，而是今后二十年间的股价涨跌。而在笔记本的其他页上，还有好几张记载着今后上涨的主要股票及股票涨跌的简图，甚至还标记了不熟悉的术语和相关说明。雷曼兄弟事件？虚拟货币？虽然真一郎并不清楚这些词的意思，但是它们一定代表着某种重要的信息。

"怎么了，哥哥？"

莲司走上二楼，真一郎毕恭毕敬地将笔记本放在桌子上。

"你要好好保管这个笔记本，谨慎一点。"

说不定弟弟真的窥见了未来世界的一隅吧。真一郎之前不是不相信他，只是更为谨慎地看待这一切。或许弟弟说的事情是真的，抑或这不过是弟弟的幻想罢了。不过，现在真一郎完全相信了。

# 第四章

二〇一一

在公寓的房间里，西园小春正呆呆地盯着电视里播放的政府记者招待会。福岛第一核电站爆炸了。小春拿起手机，在社交平台上搜集相关信息，关于放射性物质的意见正在网络上激烈交锋。

二〇一一年三月十一日发生了地震，震源位于三陆海岸外海的太平洋海底。海啸席卷了东北地区，致使大量居民流离失所，同时也对核电站造成了损害。关东地区的电力供应出现问题，小春平时去的便利店为了节约用电，室内的照明昏昏暗暗的。居民们大量抢购干电池和食物，便利店的货架变得空空荡荡，格外显眼。由于大学开始放春假，小春不需要去学校，平日里观察着东京电子公司的股价，它因受到核爆影响而暴跌。若是看腻了这些信息，小春便会在网络上搜索那位名叫 Dandelion 的神秘人物。

Dandelion 是某个社交平台的账户名。这个人性别不明，年龄也是未知之谜。

二〇一一年三月十一日，日本东北地区将会发生大地震。

请沿岸居民注意防范海啸。

地震发生的前一年，Dandelion 在社交平台上发布了这篇帖子。在那之后，这个人会定期发布应对地震和海啸的各种策略。这些文章在社交平台上不断扩散，被人整合成为某篇报道。不过，像这样的预言并不少见，曾经有人在某匿名留言板上宣称自己来自未来世界，并写下关于未来的各种预言，引起轩然大波。与此相比，Dandelion 的发言显得极为克制，只是平淡地写下地震发生时应该采取的行动，以及提醒东北地区沿岸的居民如何避难。

离三月十一日越来越近，Dandelion 的发帖数也不断增加，连续数日提醒大家加强防范地震意识的文章。有人将 Dandelion 的发帖作为网络传言发布到媒体，认为这个人对地震的猜想不过是追求涨粉的把戏，将其归为威胁社会稳定的不良账号。虽然有一小部分人相信 Dandelion 的预言，但大多数的人都对此反应冷淡，直到地震真正降临的那一天。

Dandelion 究竟是谁？地震发生之后，这个账号就陷入了沉寂，无视来自社会的各种称赞、感谢以及疑问。围绕着 Dandelion 的真实身份，网络上掀起大规模的搜索行动。不过，Dandelion 并没有回答任何问题，只是关闭了自己的账号。自此以后，Dandelion 的身份成为网络世界的未解之谜之一，他的名字也这样流传下来。


春假结束后，小春正式成为大二的学生。今年是她独自生活的第五年，之前她读的都是寄宿制学校，住在学校的宿舍里。叔叔每隔三个月就会带着礼物来看望她，这是她唯一的期待。玻璃马摆件便是其中一个，至今还摆在她的房间里。

即使到了赏花时节，社会上还是人人自危的状态。小春在一家能看到樱花的咖啡厅打工，听店长抱怨今年的客人比往年少得多。大学同学曾邀请她去唱卡拉 OK，不过小春稍稍犹豫后还是拒绝了。对方估计不会再向她发出邀请了，可小春对此并不在意。

小春想要避免与人交往过深，只保持着日常生活所需最低限度的交流。接待客人时满面微笑，同学找自己说话时也能相处得当。不过，小春不会和别人深入地说自己的私事，一旦和人变得稍微亲密，小春就会下意识地想要逃离。

即便如此，小春现在的状况也比在宿舍时好多了。那时候她深受父母被杀的打击，患上了失语症。好几次，那些闪回的记忆都让她泣不成声。对当时的她来说，和别人正常交往都是没办法做到的事情。

每当走在从车站到大学的那段路上，小春都会黯然神伤。中途她会坐在喷泉边的长椅上休息，若是遇到认识的人走过，则会笑着和对方打招呼，但她知道自己的内心疲惫不堪。小春没有办法和同学们一起开心，这是因为当年的阴影依旧笼罩在她的心头，挥之不去。

即便已经过去了十多年，她仍然深深沉浸在恐惧、悲伤以及对凶手的憎恨中。她完全没有死里逃生的喜悦，即使到了现在，内心深处的某个角落依旧停滞在书房的衣柜里。她至今仍被困在父母遇害的那栋镰仓的房子里，根本逃不出来。

虽然有男生对她表示过好感，可她的心从未感受过悸动。她无法对异性产生爱情，即便和男生说话，她的意识也会飘向不知何处。每每浮现在她脑海中的身影，便是那时的少年。

喷泉在阳光的反射下显得十分耀眼。扩散在空气中的细小水珠，形成一道薄薄的彩虹。

"不好意思，请问你是西园小春吗？"

有个男生向坐在长椅上休息的小春搭话。对方的年龄看上去与自己相仿，也可能稍微大一些，应该是同一所大学的学生吧。对方看向自己的眼神让人很难不在意。他眯起眼睛，就像是与怀念的人再次重逢。

"不，你认错人了。"

小春决定装作不认识对方。

"你在骗人吧。"

他在长椅的另一端坐了下来。小春虽然当下想逃，可又害怕太明显的躲闪会惹得对方生气。她决定还是和对方讲几句话，于是开口道：

"我们是在哪里见过面吗？"

小春在记忆中搜索，可是并没有结果。男生穿着牛仔裤和衬衫，没有戴饰品。他露出有些不知所措的表情。

"我们见过哦，曾经一起行动过一天。"

小春再次打量起来这个男生，他有着瘦削的身形，像是一直从事某项运动。不过，小春还是对他毫无印象。

"那是什么时候呢？"

"从现在开始的八年后。"

"八年后？"

"所以，你想不起来那天的事情，我也可以理解。"

对方似乎是在捉弄自己。小春如此判断，起身想要离开这里。

"那么，我会期待那一天的到来。"

"等等，我想解释一下，我今天之所以来到这里，也是你让我这么做的。"

"我让你做的？"

他坐在长椅上搔了搔脑袋，似乎苦恼着该如何解释这个难题。小春突然意识到他的脸庞有些熟悉，或许自己真的在哪里见过他。

"是我让你来这里的吗？"

"是的，当时你是二十八岁。你告诉我，到时候你会在这里出现，要我过来找你。"

你觉得会有人信这种鬼话吗？

小春正准备说这句话时，对方抢先开口了：

"这是观测到的结果，当时你是这么对我说的。"

"什么？"

"你说我们会在这里重逢，这是观测到的结果。"

观测到的结果，小春很久以前听过这个词。

那一天，将自己救出魔掌的少年也曾这样说过。

小春重新坐回长椅。

"你叫什么名字？"

"下野莲司。"男生报上自己的名字，然后说出汉字的写法。

"这个姓氏不怎么常见。"

“经常有人这么说。”

“我叫西园小春。”

“我知道。顺便说一下，这是我们第二次相遇。我第一次遇到你，是在从现在起的八年后，但从你这边来看的话，则是相隔二十年。虽然听上去有些绕，但我们初次见到对方的时间和年龄并不是相同的。”

相隔二十年，也就是说，小春在父母遇害那年曾见到过面前的男生。

听到这里，小春有一种预感。

“你，该不会是……”

小春有些害怕问出口，也许是自己想多了。

面前的这个人，说不定就是自己一直在寻找的少年。

她担心或许那个少年早就死了，也曾想象过少年是否被凶手发现后劫持了，毕竟他最后是往家那边走的。

“那一天，我也在镰仓。”

对方仿佛觉察出小春想要问的事情，如此说道。


坐在长椅上的西园小春，比记忆中的她更加年轻。不过，她那消瘦到令人担心的身体，飘忽不定、缺乏自信的视线，都让人不知道自己是否被允许待在这里。

我在未来见到的西园小春，给人一种更加成熟稳重的感觉。不过，可能因为当时我内心只是十一岁的小孩，又搞不清楚情况，所以才会觉得小春格外成熟。现在与她重逢后，我才发觉西园小春的年纪比自己小，依旧是那个能让人联想起老家玄关门口的白色陶瓷娃娃的女孩。

刚才向小春搭讪引起了她的警觉，不过她好像认出了我就是案发当日救她的少年。我们一边聊天，一边沿着人行道向前走。由于步伐太缓慢，身旁不断有人超过我们。

"你究竟是谁？那一天你为什么会出现在我家？"

小春如此质问道。这个疑问似乎一直萦绕在她心头。

"这个世界会发生许多我们无法想象的事情。例如，最近有个叫Dandelion的社交账号，说中了地震发生的日期。"

"我知道这件事，你说的是那个预言者。"

"超越人类认知的事情确实会发生，有人甚至可以超越时空，预测未来。希望你以此为前提，听我说接下来的事情……"

我一边向小春叙说发生在自己身上的事情，一边向前走。十一岁那年在棒球赛上，我被球击中后失去意识，等我睁开双眼时，已经身处二〇一九年的东京。在那里，我遇见西园小春，和她一起度过了一天。

前面就是大学的正门。我虽然不是这个学校的学生，但还是和小春一同迈进校门。学生们往来的校园里，道路两侧是绿意盎然的行道树。

有学生蹲在树木旁边，正拿着小型器械靠近地面。器械外面套着透明塑料袋，估计是测试放射线含量的盖革计数器。自核电厂发生爆炸以来，人们对放射线越发敏感。不少人从网上购入盖革计数器，对不同地方进行测量，心情也随着测量结果的差异而起伏。覆在盖革计数器上的塑料袋，似乎是为了防止辐射附着在检测仪器上。即便包裹着塑料袋，盖革计数器也能检测出核辐射。

"也就是说，那天将我救出来的，是跨越时间进入小时候身体的成年的下野先生？"

"因此，我并没有那一天的记忆。不过，你之前和我说过，我似乎做得还不错。"

意识跨越时空，小时候的一天与长大后的一天发生了互换。虽然听上去颇为复杂，但她似乎理解了我所说的话。小春看向手腕上的手表，看样子是上课时间到了。

"你是不是该去上课了？"

"我今天请了假。"

我们走进大学的咖啡厅，隔着硕大的玻璃窗，校园的风景尽收眼底，让人心情愉悦。我隔着桌子和小春一起啜饮咖啡。

"这个咖啡不错。"

我浸润在咖啡的香气中，喝了一口咖啡。

"你喜欢咖啡吗？"

"我以前不喜欢喝，不过自从在咖啡店打工后，渐渐对咖啡豆比较熟悉了。那家店是业余棒球队的队友大叔开的。"

"业余棒球？"

"周末我们会在海堤边练习。很有趣哦，我小时候参加过棒球队。"

"啊，所以你当时才会把脑袋剃得光光的。"

她似乎还记得小时候我的模样。只要我们对上视线，她就会害羞地垂眸。我决定暂时不和她说将来我们可能会结婚的事情，这是需要慎重处理的问题。

闲聊一会儿后，我正式进入了主题。

"你还记得当时案发的过程吗？"

"我记得。"

"至今都没抓到凶手，你的感受如何？你还在介意那件事吗？"

"我一想到遇害的父母，心中就悔恨交加。"

咖啡店里只有我们两个人。这里每到中午，就会挤满学生，可不知为何今天空荡荡的，说话声听起来格外响亮，于是我和小春压低了声音。

"如果你想抓到凶手，我想我应该能帮到你。"

西园小春瞪大双眼，没多久却又摇了摇头。

"没用的，警察也调查过，可还是找不到凶手的踪迹。"

"我们还有机会。八年后，我会在刚才的长椅上被人从背后攻击头部，然后我的意识会回到案发那一天，进入十一岁时的身体，去镰仓将你从凶手手中救出来。到那个时候，我会找寻可以锁定凶手身份的线索。"

我是从未来的小春口中听到这个计划的，而如今她又从我的口中听到同样的计划。那么，这个计划最先是在谁的脑海中形成的呢？不过，这些都是无关紧要的小事。

"我们还有可以找出凶手的机会。只要是你想要做的，我都可以帮助你。"

　　小春看着我，眼神无比坚定。之前她坐在长椅上时那副缺乏自信的神态消失了。

　　"那就拜托你了。"

　　"我知道了。应该说，我早就知道了。"

　　我们交换了联系方式，约好定期见面，朝着命定之日做好准备。

## 二〇××

　　哥哥从大学时期开始就以散户的身份购买股票，从中牟取暴利。不管是抢先收购日后飙涨的股票，还是为雷曼兄弟事件导致的股票暴跌做好准备，都多亏了写在笔记本上的信息。母亲儿时买给我的笔记本上记录着大量有利于投资的情报。

　　公司法人化之后，哥哥担任经营者，而我变成领工资的职员，这也算是合理避税的手段之一。遇上咖啡店没排班的日子，我就会去哥哥的公司打扫、拆取信件、丢垃圾，处理各种各样的杂事。换句话说，我的工作就是担任"散户助理"，同时兼任"咖啡店店员"。

不过，首先我要做的，就是分毫不差地将笔记本的内容背诵出来。等将来回去少年时代的时候，我绝不能在笔记本上写下错误信息。为此，我不得不强迫自己学习股票的相关知识，因为我对这个领域并无任何兴趣，所以怎么都记不住这些知识。

"未来的你让我们赚下这么一大笔钱，目的究竟是什么呢？"

来到东京后没多久，哥哥在高级公寓里一边眺望市中心的高楼大厦，一边如此问道。联上网络的电脑，和几台实时监控股价的显示器，让整个房间看上去气度非凡。只要哥哥轻轻一点鼠标，就会有数亿日元的资金流动起来，我对此根本无法想象。

"我打算将这些作为活动资金，或是拯救小春的报酬。"

我会让你暴富，不过你要去拯救八岁的小春，或许未来的莲司就是这么想的。

"要说其他可能性的话，也许是为了那场地震做准备吧。"

哥哥在显示器上调出笔记本的扫描文件，而笔记本的原件则被谨慎地保存在金库中。笔记本上也提到了发生于二〇一一年三月十一日的那场地震。

当时，哥哥所赚到的钱，有一半都投到了那场地震上。那一天，海啸袭击了我们的故乡，地基以上的部分都被洪水卷走了，万幸的是父母都平安无事。就在地震发生的几天前，父母滞留在东京的酒店。他们也难得出来旅行，我和哥哥强硬地将他们留在了东京。

虽然没办法顾及邻居们，但哥哥从地震前几年就开始和政府相关人士协商，铺设通向高地的道路，建设避难场所。施工费用由哥哥承担，所以工程进展得很顺利。

听别人说，那场地震后不久，大批居民涌向避难场所，因而捡回性命。记载在笔记本上的信息为我们赚取钱财，而这笔钱又拯救了许多人的性命。这个事实让我觉得意义非凡。


我和西园小春每隔一周就会见面。我想知道在八岁的她的回忆里储存着的案发那年的所有经过。可是，她只要想起那天的事情，就会痛苦万分，我没办法问出所有的事情。

与此同时，我也开始收集警方那边的案件资料。其中一些不会对外公开的机密资料，最后靠着哥哥的人脉成功弄到手。小春去大学上课的时候，我就独自去国会图书馆，查阅过往的报道和杂志。只要找到相关案件的报道，我就会影印下来带回家。

观看电影《蒲公英女孩》，是在我遭遇车祸后进行复健的时候。电影是我从影碟租借店借来的，父母对此感到困惑，纳闷我"为什么要看那么老的电影"。

这是小春的父亲参与制作、母亲改编原作的电影。她曾在回忆过往时，用万分怀念的口吻向我说过这部电影，让我萌生了兴趣。播放影片时，熟悉的音乐声流淌出来，我才意识到这是小春嘴里常常哼的那首歌。

电影是以时间为主题的爱情故事，那时候的我尚不能理解大人们微妙的心理变化，看不太懂电影的内容。不过，电影里大片蒲公英盛放的山坡给我留下了深刻的印象。后来，我试着阅读原著小说，才发现小说中没有这一场景，应该是负责剧本的小春母亲加上去的。

"妈妈说过，这是为了贴合电影的名字不得已采取的措施。"

只要说起那部电影，小春就会很开心。"蒲公英女孩"

这个名字出自小说女主角宛若蒲公英般的发色。后来，日本人翻拍电影，女主角的发色变成黑色，电影的名字失去了原本的意思。不过，发行方希望借助原著小说的知名度来推广电影，才在电影中加入蒲公英山丘的场景，让这部电影的名字变得更加合理。

"前天我见到兔子，昨天是鹿，今天是你。"

小春说出电影中的台词，然后将目光投向我。

我和小春一起走过许多地方，还在未竣工的晴空塔附近散步。银色的高塔还在建设中，从中间的位置往上看什么也没有。据说这项工程将于二〇一二年结束。

"其实，我登上过那个瞭望台。"

在未来的某一天，我在成年小春的陪伴下俯瞰东京的街景。

"真是不可思议。明明还没竣工，你却已经在那里欣赏过风景了。"

随着晴空塔越变越高，我感到曾经见过的未来离自己越来越近。智能手机和平板电脑都已发售，交通信号灯也变成了 LED 灯。

入秋之后，我和小春来到运动公园散步。我们在厕所附近停下了脚步。

"我在这附近踩到口香糖，正想着抬脚确认时，有人从后面突袭我。等我反应过来的时候，已经回到了少年时代。"

我向小春详细说明在未来那天所经历的事情，不过并不是全盘托出。她那时怀有身孕、我们在长椅上接吻，这些我都有所保留。因为结婚申请而聚餐的事情，我也用叔叔来了、三个人一起吃饭这样的话搪塞过去。

地震后一年，我和西园小春还保持着朋友关系。虽然彼此之间生出轻松交谈的亲近感，却再也难往前跨越一步。说起来，我们更像是战友，因为都被牵连进那宗惨案，就像是同一支队伍的伙伴。宛如投手和捕手，我们就像一对棒球搭档，将来要共同追击凶手。

和小春做朋友后不久，我渐渐知道她与大学同学都保持着距离。我试着询问其中的原因，小春这样回答我：

"就算和大家在一起，我也没办法开心，反而独自待着更自在。"

在某个冬天，我驾车带着小春前往镰仓。为了掌握地理状况，我认为还是应该去案发现场察看。西园家出事后，房子和土地都划分到了小春名下，即使公司破产也没有收回房子。不过，小春对房子并不在意，据说这里已经荒废好久了。

　　车子开进小春八岁以前一直居住的小镇，我发现坐在副驾驶的她神色有些不对。应该是当年那宗惨案的记忆慢慢复苏，导致小春陷入了不安。我将车停靠在路边，想要看看小春的状况，这才发现她的指尖一直在颤抖。眼泪顺着她的脸庞滑过嘴角。我下意识地握紧她的双手，感觉到她指尖的冰凉。最后，那天我们没有去案发现场，而是返回了东京。

　　陪在小春的身边，支撑她继续向前，成为我人生的目标。没能实现成为棒球选手的梦想，正当我踟躇不知前路的时候，守护小春成为我新的目标。说不定，这也是我活在世上的动力。

　　没过多久，我和小春开始交往。是我先向小春告白的，因为我知道自己不会被拒绝。我们会发展成恋人关系，这是观测出的结果。


　　第二年，我们再次前往镰仓市。我让小春在海边的咖啡店里等我。我独自去到案发现场，看到了那栋只在资料中见过的西园宅邸。房子的窗户破了，任凭风雨侵袭屋内。院子里的花草长时间无人打理，杂乱地自由生长着。那一天雾蒙蒙的，人的心情也变得低落起来。我走到小春母亲遇害的车库，双手合在一起拜了拜。来这里之前，我从小春那里拿到了钥匙，也获得进入屋子的许可。我一边记下房屋的格局，一边在屋子里走。来到小春父亲遇害的地方时，我再次双手合十拜了拜。

我很想知道疑犯是如何走到停放车辆的空地的，不过还是决定改日再来解决这个问题。我开车回到海边的咖啡店，和西园小春会合后，我们决定一起去海边散步。

"莲司，我真羡慕你啊。曾经去过未来世界度过一天，之后只要朝着那天前进就可以了，你一定很有安全感吧。至少你知道在那天来临前自己肯定不会死，也不用害怕坐飞机。不过前提是观测到的事情都会变成真的。"

她现在会唤我莲司。

"也不全是好事。感觉就像人生之路已经铺好，比赛时被提前告知结果，很无聊的。"

我十分清楚将来会发生的几件事情，有时候感觉自己就像失去自由意志一般。我仿佛被拘束在一座名叫时间的牢笼里生活，就连向她告白的时候，也是按照神明的剧本演出，完全没有会被拒绝的不安，这样一想，我甚至不知道自己是不是真的喜欢小春。

对于自己的人生，我究竟是否能以自身意志干涉呢？我越想越多，感觉有些喘不上气，甚至开始怀疑自己到底是为了什么而活在这个世界。

"不过，多亏了莲司，那么多人才能从地震中幸存下来。我觉得这很有意义。"

我曾经告诉过小春，Dandelion 是我的社交账号。那些满是预言的帖子，能够在多大程度上减轻地震的伤亡情况，我心里一点儿底也没有。

"确实，不过我的烦恼将会在二〇一九年十月二十一日之后消失。"

我所掌握的未来的情报，只到那一天。接下来，我们会进入完全未知的未经观测的时间。或许，这段时间才是我真正的人生。

"我们必须平安抵达那一天。为了这个目标，有些事情我必须问清楚。"

我向她询问案发当天的详细经过，虽然不想让小春重温那些痛苦的回忆，但考虑到那时我也会在场，我必须事先掌握一切情况。

"我和凶手之间，发生过什么吗？"

"那天，我记得你被刀子刺中腹部。刀子的长度大约五厘米，凶手突然朝着你小腹刺过去。"

针对我的问题，小春做出了解答。灰蒙蒙的天空下，海边的小春看上去十分寒冷。交谈一会儿后，我才发觉手里拿着相机，这是为拍摄西园家内部而特意准备的。

"我们拍张照吧。"

背景是大海和沙滩，之后这张照片会摆设在我们的高级公寓里。


大学毕业后，小春短暂工作过一段时间。据说是小春父亲生前的同事推荐的工作。由于走后门的缘故，小春在这家公司里干得并不顺利。

我照例参加附近商业街举办的业余棒球活动。虽然肩膀不太能动，当不了投手，但我跑起来很快，能以代跑的方式参加比赛。无法成为职业棒球选手让我耿耿于怀，但不管用什么样的方式，能够继续打棒球，都让我感到十分满足。沙尘中带着令人怀念的味道，我的胸口突然一阵发紧。

我和加入职业棒球队的山田晃约好在新宿喝酒。我们断断续续地保持交流，山田通过职业棒球考试时，我开心得像是自己通过一样。

"像现在这样在东京喝着日本酒，我真是做梦也不敢想。"

山田的手臂和双腿比我的粗上一圈，肌肉也十分惊人。原来这就是职业棒球选手的体格啊，我在心中忍不住赞叹。之后，他还来看业余棒球队的比赛，商店街的大叔们纷纷找他要签名。不知道从何时起，在东京这个城市的角落，我们开始有了自己的小天地。我的人生也在东京的柏油路面上扎下根来。

在二〇一九年的一天，我会回到自己的少年时代。我和小春一边过着寻常生活，一边为那天的到来做好准备。我们将镰仓惨案的相关资料做成数据储存起来，同时认真研究二十世纪九十年代市面上的常见车型，以便锁定凶手用来逃跑的车辆。另外，我和小春开始了同居生活。交往已经好几年，我们彼此没有聊到结婚的事情，小春好像也没向她叔叔提起过我。

二十多岁的时光倏忽而逝。哥哥在股票市场上无往不利，靠着投资开发手机游戏公司的股票赚得盆满钵满。之后，他又靠着虚拟货币大赚一笔。小春辞去工作后，开始给先前在职场上认识的杂志编辑当助手。因为父母的影响，小春对电影颇为了解，负责电影方面的撰稿工作。我仍然在咖啡店里一边和常客们聊着棒球，一边制作咖啡。我减少了去公司帮助哥哥的时间，不过他对此并没有什么抱怨。就这样，二〇一九年到来了。

## 二〇一九

出乎意料的是，我和小春之间没有谈及结婚。我偶尔会思考小春会不会不想组建家庭，不过我并没有对她说这些话。我还是提前备好了戒指，买戒指的钱是在咖啡店打工攒下来的。我记得在十一岁窥见未来的那一天，小春手上所戴的戒指款式。买戒指的时候，因为有回忆做参考，我没有在选戒指上花费太多工夫。不过，我心中苦恼着该在何时拿出戒指，几个月的时间就这样溜走了。

"你好，我是下野莲司。"

某天，我租下市内的录音室，对着麦克风读出稿件上的话。虽然为十一岁的我备下的那台随身录音机也有录音功能，可我还是想在更好的状态下录音。

"你可能会感到很困惑，我自认为十分理解那种心情。因为很久以前我也体验过同样的状况。"

我请别人将音频数据转录到老式卡带上。十一岁的我应该更熟悉卡带，毕竟那时还没有 iPod。

"我认为这是你在练习赛中被球击中头部的缘故。关于这个现象，我试着做了各种推测。但是，现在无法向你仔细说明。因为有人即将来你的病房接走你了。"

我一边回忆着当时的情况一边写下讲稿。我几乎不记得那天在病房听到的内容，不过大概是这样的感觉。

至于被送到哪家医院，可以借助我被人袭击的长椅所在的位置来推测。能从长椅上被送去急诊的医院不是很多，而且我还隐约想起从病房外看到的新宿风景，所以找到那家医院并不难。负责我的医生名叫加藤，这一点我在回忆中搜索医院信息时也想起来了。

"十一岁的我，接下来你应该会思考自己人生的意义。不过，我希望你别输给命运，中途不要放弃，一定坚定地走下去。"

结束录音后，工作人员将录音带递给我。回家后，我写下给加藤医生的信。在长椅上被人袭击头部的那一晚，我必须将录音带和信件贴在身上才行。放在提前准备好的包包里，似乎并不安全。因为袭击我的那群年轻人说不定会抢走我的包。

二〇一九年九月，我们终于提到了结婚的事情。那一天，西园小春在妇产科拍下了腹部的超声波照片，确定怀孕五周。她说因为生理期迟了一个礼拜，便买来验孕棒检测，结果显示两道杠，所以才会来医院检查。

小春回到家后，向我说了这件事情。

"恭、恭喜。"

我下意识地说道。小春本来面露难色，看了我的反应，像是察觉到什么，不觉皱起眉头。

"你没有被吓到吗？"

"我被吓到了啊，我们竟然要有孩子了。"

"好奇怪，你是不是瞒着我什么？"

小春向我逼近，我不得不避开她的视线。

"我会在这个时间怀孕，莫非你早就知道了？"

小春几乎是以笃定的口吻说道。

"……我确实知道。"

"啊，我真是白担心了。"

从十一岁窥见未来的那天起，我就在脑海中想象着自己将会成为父亲。总有一天我会成为父亲，好好抚养小春诞下的孩子。不过，此刻小春看上去十分不安。

"对啊，你都不会担心吗？毕竟我们连婚都没结。"

"实际上，关于这件事……"我还隐瞒了另外一件事，"会结婚哦，我们两个人。"

我知道这不是个好时机，说完后估计会被小春大骂一顿。不过，我感觉如果现在不说的话，只会加深对她的伤害。

"对不起，一直没能说出口。我们会结婚的，虽然我没提到过，但这是观测出的结果。"

小春瞪大了双眼，然后垂下头。

出乎意料的是，小春并没有生气，只是哭着答应了我的求婚。


进入十月后不久，星星点点的白色绒毛乘风飘来，那是蒲公英的绒毛。和二十年前相同的异常现象再次发生，这件事立刻成为综艺节目的热门话题。东京上空飘浮着无数白色的小点。不管是在车站站台等待电车，还是在十字路口等待红绿灯，大家都不约而同地抬头望向天空，凝视着眼前的奇幻景象。孩子们高高地举起手，想尽可能多地抓住白色的绒球。

我填好结婚申请书后，设宴邀请父母和哥哥，请求他们在证人栏写下名字。父亲写字不好看，最后由母亲代为签名盖章。按照小春的指示，我们空出另一侧的证人栏，等待之后小春的叔叔在上面签下名字。另外，小春早已在电话中向住在国外的叔叔说过结婚的事情。

"我还想着你究竟要到何时才会开口向小春求婚。"

哥哥一边这样说着，一边为我们献上祝福。

和家人吃过饭后，我和小春回到公寓里。她坐在沙发上，盯着手上的婚戒说：

"莲司，虽然有点奇怪，可我还是想问下那场导致你肩膀受伤的交通事故，是你几岁时遇上的？"

"为什么突然这么问？"

"总觉得有点介意……"

戒指上镶嵌着钻石。小春看着钻石闪耀出的光芒，眼圈渐渐变红，一副快要哭出来的表情。

我察觉到小春问出这个问题的意图。她想知道我遇到车祸的日期，然后提醒十一岁的我，目的在于让我避开那场车祸，不用放弃成为棒球选手的梦想。

"等等，我回忆一下。"

我假装努力回想，去了洗手间。我看着镜子里的那张脸，努力找寻十一岁时的记忆。去到未来世界的我，就是在这面镜子中发现自己肩膀的伤痕，陷入绝望的状态。不过，如果我能从西园小春嘴里知道车祸发生的具体时间，说不定就可以避开那场车祸，改变自己的人生。

可是，现在的我又是怎么想的呢？与如今这个人生相关的人，我对他们都抱有感情——不管是小春、即将降生的孩子，还是业余棒球队的队友、咖啡店的伙伴，甚至是那里的常客们。假如我没有遇上那次交通事故，说不定人生就会完全不同，一切都会重新设定，改写成不同的历史。

幸免于车祸的瞬间，历史就会生出旁支，走向不同的时间轴。而在不同的时间轴上，我会避开那场车祸，也就能够继续棒球的梦想。不过，这个变化很可能改变未来，说不定十月二十一日那天我没法回到过去。那样的话，谁去从凶手手中救出八岁的西园小春呢？

关于改变过去的事情，不确定的因素太多。到目前为止，经过观测的事情确实都发生了，可谁也无法断言这就是宇宙的绝对法则。若是我将遇到车祸的真实日期告诉小春，说不定世界就会在那个瞬间骤变，我和西园小春会变成陌生人，她肚子里的孩子也会消失。或许小春就是想到了这些，才会泪眼婆娑地盯着我们的结婚戒指。

等回过神来，我发现自己在哼歌，是小春常哼的电影《蒲公英女孩》中的那首插曲。

将来的自己是否会后悔呢？我不知道答案。不过，现在的人生若是处于这个选择的尽头，那么我会得到拯救吧。这段人生不是被命运强推着前进的人生，而是我自己选择的人生。

像是被嘴里哼着的歌推了一把，我暗自下定决心。

离开洗手间，我回到客厅，小春一直坐在沙发上等我。

"你想起车祸的时间了？"

"嗯，我被车撞到的日期是……"

我报出具体的时间，故意错开一年，告诉小春错误的时间。

　　将来我大概还会遇到车祸吧。不，是车祸已经发生了。让我陷入绝望、痛苦不堪的不是神明，而是我自己。这是我选择的人生。我拿起放在柜子上的棒球手套，深深吸了一口皮革的气味，心中默默向小时候的自己谢罪。

## 二〇一九

　　西园小春看了一眼手表上的时间。再过十分钟，二〇一九年十月二十日即将结束。从车站通向大学的人行道上有座喷泉，小春和莲司并排坐在喷泉旁边的长椅上。八年前，小春在这里和莲司重逢。现在是深夜时分，喷泉已经停了。街灯照亮脚边，白色的绒毛随风飘落。

　　莲司难得身着西装，上衣口袋中放着从笔记本上撕下来的纸片。离开公寓之前，小春看着他将纸片放入口袋。笔记本是由莲司的哥哥保管的，依据莲司的请求，只有这页由他随身携带。

2019-10-21 0:04

在长椅上等待

警车的鸣笛声

狗吠三次

从背后被人袭击

碎纸上潦草地写着几行字。由于这段文字是二十年前写下的，小春请求莲司让她看过好几次，久而久之也就记了下来。接下来，事情真的会如这段文字说的那样发生吗？笔记本上所记载的事情一一变成了现实，所以这段预言也一定会成真的。

小春杵了一下莲司的侧腹，触摸到衣服下坚硬的物品，是录音机。

"录音机不会因为头部遭到袭击而掉下来吗？"

"应该没问题的。"

小春将视线转向莲司的后脑勺。接下来，他的后脑勺会遭到袭击，凶手是三个年轻人。据说这些是他在十一岁的时候，从未来遇到的西园小春口中得知的。

"真讨厌啊，事先就知道自己会被痛殴。"

"希望不要留下后遗症。要是一切能够按照计划进行就好……莲司，拜托你了，真的很感谢你。"

之后，莲司要前往二十年前，拯救八岁的小春，帮她脱离险境。

"当心刀子。虽然知道你不会受伤，但历史说不定会改变。我担心如果你被刺伤，这一切可能就会直接走向终结。"

"试着打电话报警如何？说不定能够阻止惨案发生。"

如此一来，父母是否能够存活下来呢？那么，自己独自活下来的痛苦记忆、在寄宿学校度过的日子，又会变得怎么样呢？会就此消失吗？和莲司一起度过的快乐时光，以及肚子的孩子，也会一起消失吗？

"十一岁的莲司就拜托你了。他会打碎那个玻璃马摆件，请你原谅他。"

"我知道了。我差不多该离开这里了。你一路小心。"

"我走了。"

小春站起身来，向他挥手告别后离开长椅。她打算在远处观察情况，刚找到一个容易藏身的地方，就发现有三个年轻人坐在地上聊天。他们正在吸烟，好像并没有注意到小春。

小春藏在树丛后面，伏低自己的身体，以便让影子隐没到路灯照不到的暗处。她远远地观察着莲司那边的情况。

到时间了，莲司差不多要出发了，小春不由得紧张起来。

夜深了，东京的上空依旧明亮。远处传来巡逻车的警笛声，好像是警方正在追赶某辆闯红灯的车子，大喇叭里响起要求车子停下的声音。莲司从胸口的口袋中取出那张纸片。

接下来，某个地方会响起狗吠声，按照纸片上所写的那样。第一声、第二声，接着是第三声。

这时，长椅后有人影正在不断靠近，是刚才看到的那三个年轻人。其中一人拿着棒状的武器，朝着莲司的后脑勺利落地挥了下去。小春拼命忍着不发出尖叫声。

莲司的身体向着前方倾倒下去。一个年轻人摘下他的手表，塞进自己的口袋。其他两个人从莲司的上衣口袋里拿走了皮夹。

"救命，有人昏倒了，快叫救护车！"

小春躲在暗处，大声呼喊。那三个年轻人似乎被吓到了，停下手上的动作，没多久就跑掉了。

应该追上去吗？可是，此刻的小春更在意倒在地上的莲司，加上肚子里的孩子尚不稳定，不能进行剧烈运动。小春打电话叫来救护车，同时确认倒在地上的莲司的情况。之前和莲司讨论的时候，他们也谈及是应该叫救护车，还是让小春带莲司回家。不过，后脑勺受伤不可以轻视，还是直接送去医院比较保险。小春混在人群中，一直目送着莲司被送去医院。

第二天上午，西园小春来到医院。这个时间，莲司应该在病房里和那位名叫加藤的医生交谈。小春放弃去病房确认的念头，不管自己在什么时候出现，事情想必都会按照十一岁的莲司观测到的那样发展下去。

小春谎称自己有急事，请医院的柜台人员帮忙叫来加藤医生。这样一来，支开主治医师，让莲司单独待在病房里，她就可以趁机带走莲司。跟医生说明意识在时间轴上的跳跃太过复杂，所以小春决定用这个方法带莲司逃离医院。

在主治医师出现之前，小春离开了柜台。她走上楼梯，穿过连接住院大楼的走廊，然后去了莲司的病房。由于之前听十一岁的莲司说过，小春大致知道莲司的病房位置。

小春在病房外敲了敲门，然后打开病房的门。她向房内探出脑袋，出声呼唤：

"莲司！"

莲司坐在床上，一脸茫然若失。他手里拿着录音机，头上包着绷带，那副模样实在惹人心疼。不过，能够顺利找到他，小春终于安下心来。

"你的脑袋没事了吗？"

从医院溜走后，两个人走去停车场。小春想要伸手摸摸莲司的后脑勺，可他下意识地缩起身体，躲开小春的手。现在在这副身体里的是十一岁的莲司，自己对他而言不过是初次见面的陌生人，小春再次认识到这一点。

"我是西园小春，东西南北的'西'，动物园的'园'，小小春天的'小春'。"

"我是下野莲司，汉字写作……"

"我知道。"

"欸？"

"我知道哦，汉字的写法。"小春的鼻头发酸，有点想哭，"对不起，你别管我。我只是有点开心，对你来说，这是我们第一次见面吧。我第一次出现在你的人生，就是在这里。一想到这里，我就忍不住感慨万分。今后还请多多指教，莲司。"

在莲司的人生中，这是小春第一次出现的瞬间。

所以，此时此刻就是一切的起点。能够见证这一点，小春感觉自己很幸福。

这必定是一趟漫长的旅途。他们两个人能携手走下去吗？小春在心中思考。

回到公寓后，小春回复叔叔的邮件，约定一起吃午餐。虽然是突然的邀约，但是小春觉得问题不大。几年前小春就知道事情会变成这样，这是她从长大的莲司口中得知的观测结果。

小春在酒店的餐厅见到叔叔，请他在结婚申请书的证人栏签上名字。三个人在酒店内走动时，小春感觉到某个人的视线，好像有人正在远处盯着她。

"我们去兜会儿风，然后去公园。"

叔叔问小春接下来他们要去哪里，小春如此回答道。到了傍晚，莲司会从运动公园回到原本的时代，小春打算先和他一起在市内逛一逛。

"叔叔，谢谢你愿意做我们的证婚人。"

"别客气。"

叔叔说之后还要去参加工作上的洽谈会。

小春和莲司坐上车，在市内兜风。

"你看，那边是皇居。话说，你注意到了吗？平成的年号结束了。"

"我现在没心情注意那些。"

"和我共同度过以后的日子，你是不是不太愿意？"

"倒也不是不愿意……"

小春先将莲司带来了这个充满回忆的地方。

"好好记住这个地方，因为这里是一切的起点，也是莲司出发前往过去的地方。除了这个，这里还是我们初次相遇的地方，二〇一一年的四月，长大后的我们将会在这里遇到彼此，当时还是大学生的我坐在这里的时候，你突然向我搭话了。"

小春向莲司说明那宗惨案，并把相关资料给他看。

"迪士尼在那边！"

我们在晴空塔上俯瞰东京街景，时间不知不觉从手中溜走。

"那边是新宿！"

看到十一岁的莲司的反应，小春心中生出无限怜惜。

小春和莲司并肩走在飘满蒲公英绒毛的美丽街道。

"那部电影叫什么名字？"

"《蒲公英女孩》。"

"真是个可爱的名字。"

"电影是从罗伯特·富兰克林·杨的短篇小说改编来的。"

他们坐在长椅上聊天，一个棒球飞过来。正在玩接抛球游戏的少年们望向这边，小春捡起棒球，想要扔回给少年们。

"我要抛啦！"

夕阳下，飞出去的棒球划出一道弧线。

没时间了。太阳向西边沉下去，小春和十一岁的莲司即将分手。


小春突然吻向莲司，余光瞥见有人站在他们身边。她顾念着肚子里的孩子，小心翼翼地追上去，才发现那人是下野真一郎。原来在酒店吃饭的时候，真一郎就跟在他们后面拍照了。

"为什么鬼鬼祟祟的，还要躲开我们？"

"要是莲司知道的话，他肯定会阻止我的。不过，真是感慨万分啊，我看到了难得的画面。二十年前听到的未来一日，现在就在我的眼前上演。"

小春离开酒店的餐厅时，就发觉后面有车子尾随他们。当时她以为是自己多想了，现在想来估计就是真一郎的车子跟在他们后面。

小春回到长椅，却发现不对劲。

不知从什么时候开始，未婚夫失去了踪影。

"喂——莲司，你在哪里？！"

小春不断呼唤莲司的名字，试着在周围搜寻他。

天色渐暗，运动公园里的人越来越少，甚至连遛狗的人也不见了。小春走到体育馆和网球场附近的小路上，四处寻找着莲司的身影。

小春试着打给真一郎，电话立马接通了。

"喂，是大哥吗？你现在在哪里？"

"我在公园的停车场。现在正准备出去。莲司怎么样了，已经回来了吗？"

小春将事情说给真一郎听，他立刻决定帮忙寻找莲司。

"我们事先商量过很多次，要是他在公园醒过来，那时我应该就在附近，说好一起回家。"

真一郎坐在附近的长椅上，拿出数码相机，检查起刚才拍摄的照片。小春心中充满不安，担心莲司会遇到什么麻烦。十一岁的莲司回到原本的时代，意味着现在的世界正在朝着未曾观测到的历史发展，发生什么情况都是有可能的。

尽管如此，小春还是很想看看真一郎拍的照片。

"请给我也看一眼吧。"

小春也在长椅上坐下来，真一郎将数码相机递给她。相机屏幕上显示出从远处拍到的莲司和小春。小春按下按键，屏幕切换成不同的画面，那是两人走进餐厅之后的画面、去晴空塔参观的画面以及在人行道上散步的画面。

小春不断切换着照片，突然注意到什么。她试着放大屏幕上的照片，却感到更加困惑了。这究竟是怎么回事呢？小春心中涌起不祥的预感。

"怎么了？"

真一郎看向小春，小春摇了摇头。她也不知道该怎么说，或许只是偶然吧。

小春注意到一张照片，上面是在运动公园散步的小春和莲司。照片被放大之后，她发现有个人的身影看上去和叔叔很像。可刚刚在餐厅签结婚申请书的时候，叔叔还说接下来有工作要忙，怎么会出现在运动公园呢？

天气状况突然变差了，乌云从西边涌过来，似乎要下雨了。

## 一九九九

耳鸣声太大了。男人隔着蒙面头套，一边确认脑袋有没有流血，一边站起来。金属材质的老式打字机滚落到地板上，自己的脑袋就是被这个东西砸到的吧。他以为用小刀刺中了少年的腹部，实际上应该是被什么东西弹开了，不承想竟然着了别人的道。

少年和女孩消失了，楼下传来大门的开关声。要不要追上去灭口呢？不，还是放了他们吧。他们又没见到自己的脸，先找找屋里值钱的东西。那两个小家伙跑了，留给他的时间不多了，警察应该很快就会找上门。

男人在屋主夫妻的卧室里翻腾，搜寻着值钱的物品。他抓起宝石和首饰，塞进在衣柜里找到的名牌包里。

男人跨过屋主的尸体，走出玄关。他瞥了眼屋主妻子的尸体，然后爬上了房子后面的斜坡。丛生的树木挡住前路，他走得磕磕绊绊。

那个少年究竟是什么人呢？住在西园家的只有屋主夫妻和他们的女儿。说不定是住在附近的孩子偶然来家里玩吧。他看到躺在外面的屋主妻子，觉察出异常情况，才会上二楼吧。

男人还是没法说服自己，可是又懒得深究。明明结束了工作，可耳鸣依然持续，他脑海中不断回荡着像是小虫飞舞的嗡嗡声。

山坡上有块平整的空地，围绕着空地的树木茂密生长。男人提前在地图上看过这个地方，此处距离西园家大概有几千米，还有条小路通往半山腰。这条路是从山脚延伸上来的，这一带过去似乎是农田，为了方便农作才修缮了这条小路。

黑色的车子停靠在空地上。男人走近车辆，摘下头套。

现在已是傍晚时分，微风拂过男人的面颊，让他心中的浮躁渐渐平息下去。男人打开副驾驶的车门，驾驶位上的委托人转过头来看向他。

"怎么样，成功了吗？"

委托人问道。那是个胖胖的男人。一开始委托人想要和他一起潜入西园家，甚至特地通过非法渠道购入了小型手枪，可又临阵退缩了，最后决定待在车上。男人想起今天早上的报纸刊登了关于手枪走私的新闻，数把和委托人购入的手枪同型号的枪支在日本境内肆意流通。

男人初次遇到委托人是在一个地下网站上，当时双方都隐瞒了自己的真实身份，用邮件沟通工作的内容。委托人希望男人潜入某户人家，扮作强盗的样子，除掉那栋房子里的人。最重要的是杀死男主人，女主人和他们的女儿除不除掉都无所谓。为了方便逃跑，委托人还特意准备了车子。那栋房子的男主人是电影发行公司的老板，曾经发行过电影《蒲公英女孩》，而女主人正是写下那部电影的剧本的人。男人凑巧知道那部电影。他母亲死之前在电视上看的电影就是《蒲公英女孩》。

"小孩子逃掉了。有两个，一个是那户人家的女儿，还有一个少年，不知道是谁。"

男人向委托人报告上述情况。对方露出惊讶的表情。

"少年？"

该不会有人知道这次行动计划吧，可要是那样的话，闯进来的就应该是警察，而不是那个男孩了。

"那个少年是谁呀？"

"我不知道。"

"话说回来，我大哥死了吗？"

委托人想杀死西园家屋主的理由，男人并不清楚。屋主和委托人好像是兄弟，大概就跟《圣经》里的该隐和亚伯一样吧。男人猜测身为弟弟的委托人自卑感作祟，嫉妒生活顺遂的哥哥，才起了杀心吧。委托人又胖又丑，而刚刚死去的屋主却身材魁梧，气质不凡，是个相貌堂堂的男人。他的妻子也是位美人，那样的家庭确实令人称羡。男人可以理解委托人想要摧毁这个幸福家庭的心理。

"屋主死了，他老婆也死了。"

"这样吗，让那孩子活下来吧，可以做个见证。"

"什么？"

"她会证明凶手不是我。因为你和我体格相差如此大，一眼就能看出来。"

委托人为了摆脱警方的怀疑，似乎还提前想好了不在场证明。男人没有过多询问，只知道委托人假装今天去其他地方出差。

"差不多该走了。"

男人提议道，委托人点头赞同。不过，他没有发动引擎，而是掏出小型手枪。那把手枪在他胖胖的手中宛如一个玩具。

委托人从驾驶位逼近男人。男人想要逃走，却被委托人肥胖的身躯压制着，无法动弹。男人感觉枪口似乎正瞄准他的胸口，随着"砰"的一声，火药弹出的声音传过来。紧接着，几枚子弹接连发射出来。比起痛感，男人更害怕被委托人压死，脑海中净是逃走的念头。男人的视野渐渐变暗了。

我藏身在草丛中，注视着那辆车子，已在脑海中牢牢记住车牌号和凶手卸下头套后的那张脸。除了凶手，车上的驾驶位上还有人，这一点是出乎意料的，同时也算是意外的收获。还是等凶手开车逃走后再离开这里吧。我必须回到二十年后向小春报告。

不过，过了好久那辆车子都没有启动的迹象。凶手似乎还在和驾驶座上的人聊天，车窗上的隔热贴阻挡了视线，没办法看清车内的情况。

突然，车子开始剧烈晃动起来，然后传来爆破声。我以为是轮胎爆了，可听上去又不太像。

第二次、第三次的爆破声传来，随后车子渐渐安静下来。

那是枪声吗？

声音要比电影中的平淡许多，所以我当时并未放在心上。幼年时在附近田垄里听到的鸟铳声似乎都比这个声音来得吓人。

驾驶座的车门被打开，一个胖胖的男人走了下来。我好像见过他，可一时又想不起来。

他喘着粗气，似乎是被车内的烟雾和异味呛到了。他的右手抓着一把小型手枪。副驾驶座上的凶手出事了吗？驾驶座的车门大开，可以看见车内的情况。凶手像要从车座上滑下去似的，一副瘫软无力的样子。小春苦苦追寻、想要知道他身份的凶手被人开枪打死了，警方的资料里并没有记录这个情况。

若是驾驶座上的人所用手枪的口径更大的话，那么子弹就会贯穿尸体和车子，落在地面。

血液顺着子弹造成的弹孔滴在地面上，警方通过现场勘查，说不定就能找到用来锁定凶手身份的证据。不过，就我目前所掌握的信息来看，事情的走向并非这样。驾驶座上的那个人开枪时十分谨慎，副驾驶那侧的车窗完好无损，想必是事先想好了射击角度，以免子弹飞到外面。整件事像是有计划地进行的，那个人似乎从一开始就打算这样干。

驾驶座上那个体形肥硕的男人将玩具般的小型手枪放在车座上，用手帕擦了擦汗。这时，我突然想起来小春给我看的几张照片中有他。那是为了收纳全家福照片而制作的相册。我和他曾见过一次，只不过我以为那是很久以前的事情了。

西园幸毅，他是小春的监护人，也是小春的亲叔叔。

从现在开始算大约二十年后，我们三个人会一起吃饭，他将会为我和小春的结婚申请书签上名字。西园幸毅平日里在海外忙于工作，自我和小春交往后并未与他见过面。

大概是因为太过吃惊，我的注意力有些分散，身体后仰，不小心碰到藏身处树丛的枝丫，其中一根树枝发出清脆的折断声。我急忙想要藏好身体，可是已经太晚了。

我和西园幸毅对上视线。他停下擦汗的动作，瞪大了双眼，似乎想要发出声音，但没有说出一句话。他转过身去，想要抓起放在车座上的小型手枪。

　　我拔腿就跑，可由于太过慌张，不慎跌倒在地。我马上爬起来，朝着远离空地的方向狂奔。对方随时有可能向我的后背开枪，我心中充满恐惧。跨过树丛，脚却被树根绊到了，好几次差点摔倒。

　　我发现对方似乎并未追上来，只是我心中惧怕不已，只想快快逃走。

　　傍晚时分的视线太差，等我回过神来的时候，才发现脚底踩空了。

　　陡峭斜坡下是一片田地，我顿时天旋地转，脑袋似乎撞到了什么，从斜坡滚落下去。

　　好像有人正吃惊地盯着这边看。

　　快逃！有人持枪！

　　我一边往下滚，一边想要警告对方。但是，身体撞上地面，视野也迅速变暗了。

## 二〇一九

　　由于工作的缘故，西园幸毅的大部分时间都待在飞机上。为了客户的委托，他要在世界各大城市飞来飞去，等结束商业洽谈后又回到机场。他请空姐为自己倒上白葡萄酒，然后一边品尝一边确认邮件。即便是商务舱的舒适座位，也容纳不下西园幸毅那过度肥胖的身躯。如果某个工作不需要出差，西园幸毅反而会觉得不安。只要一直待在某个地方，他就会梦到那个被巡逻车的警笛声追赶的画面。

西园幸毅讨厌回到日本，可是有时为了工作，还是不得不回国。如果时间适合的话，他会邀请侄女一起吃个饭；若是赶不及，则会直接出国。于他而言，侄女就是这种可有可无的人。他对侄女的感情并不深厚，可不得不做出疼爱她的样子。

侄女似乎谈恋爱了。这件事是西园幸毅最近才知道的。双方有了结婚意愿后，侄女打来电话报告此事，他在电话中知道了侄女未来丈夫的名字。

"kawabata？这个名字听上去像个大文豪。"[1]

"是 kabata 哦，叔叔。"

如果是通过邮件告知的话，就能知道这个名字的写法

---

1  kawabata 写作川端，"大文豪"即指川端康成。

了。不过，现在只知道发音也没关系。由于长年在英语圈生活的缘故，幸毅并不在意这些细节。

十月二十日，应日本客户的邀请，幸毅需要回国一趟。他刚走出机场，就被飘过来的白色绒毛挡住了视线。据说是天气异常导致了大量的蒲公英绒毛到处飞舞的现象。

第二天，幸毅给侄女发去邮件，很快得到了回复。

> 我想把未婚夫介绍给叔叔认识，今天稍晚些我们一起吃个饭吧。
>
> 另外，想麻烦叔叔在我们的结婚申请书的证人栏签名，不知道可不可以？
>
> 西园小春

幸毅来到位于酒店顶楼的餐厅。这还是他头一次见到侄女的未婚夫，对方是个像小动物般惶恐的男孩，瑟缩着身子环视餐厅的四周。他疑惑地看着英文的菜单，还像孩子似的挑食。

饭后，侄女取出结婚申请书。幸毅看到侄女未婚夫的名字，不禁全身起鸡皮疙瘩。

"下野莲司"。

旁边有平假名标示出名字的读法。汉字写作"下野"，读成"kabata"。幸毅努力控制住表情，不让自己露出惊恐的神情。

侄女的未婚夫起身去了洗手间，似乎并不想见到人生戏剧性的一刻。这种男生真少见啊。为了盖章，幸毅提前准备好了印章。

结婚申请书需要两位证婚人签名盖章。另一位证婚人已签好名字了。

"我们各自请了一位家人做证婚人。"

换句话说，另一位证婚人是侄女未婚夫的家人。

"我们原本是想拜托莲司的父亲，但是他觉得自己的字迹太丑，所以我们请了莲司的母亲。"

证婚人栏上写的是"下野加奈子"。

幸毅对这个名字有印象。

脑海中回忆起二十年前发生的事情。

"有件事我想确认下。"

"什么？"

幸毅询问侄女：

"他小时候是不是曾经发生过车祸？"

"叔叔是怎么知道的？"

"我看他的动作，猜了个大概。"

幸毅确定了心中所想，下野莲司就是那年出现在镰仓老宅的少年。

那是二十年前的事情了。小型手枪射出的子弹在身侧男人的胸口上开了个洞，车内弥漫着烟雾的气味。幸毅打开驾驶座的车门，走到外面，视线正好对上远远盯着这边的平头少年。

害怕少年看到自己的正脸，幸毅习惯性地想要举起手枪，可少年早已不见了身影。他拖着胖胖的身躯，追不上身手敏捷的少年。幸毅仿佛听到了计划崩坏的声音，那个少年会将自己所看到的事情说给警察听吗？

地上躺着一个长夹，应该是少年逃走时不慎滑倒落下的。钱包像是成年女性使用的款式，上面有刀子划过的裂痕。里面还装着硬币、收据、积分卡以及一本女性的驾照。

驾照的名字那栏写着"下野加奈子"。

她和少年是什么关系呢？会不会是他的母亲？

幸毅看了看照片和出生日期，验证了心中的猜想。

驾照上没有标注出名字的发音，幸毅猜测应该读作"shimono"，或是"shitano"。因此，他从侄女口中听到她未婚夫的名字时，并没有联想到二十年前的那个少年。

走出酒店的时候，幸毅扶着下野莲司的身体，摆出突然眼花、脚步不稳的样子。难道他还不知道侄女怀孕吗？他的反应看上去像是初次得知这个消息。

即便幸毅就在眼前，他也毫无反应，这一点让幸毅十分在意。难道他不记得二十年前见过面的事了？虽然他表现出首次见到未婚妻家人的局促感，但也仅此而已。如果他忘记的话，那是再好不过了。不过，当时的少年变成侄女的未婚夫，再次出现自己的面前，幸毅心底还是涌起莫名的不安。

三人乘坐扶梯到地下停车场。幸毅询问小春接下来的行程，小春回答说先去兜风，然后去运动公园。

"叔叔，谢谢你愿意做我们的证婚人。"

"别客气。"

进口的双门轿车朝着停车场出口远去，停靠在稍远处的黑色轿车也随之启动引擎，像是要跟上小春他们似的追出停车场，大概只是凑巧吧。

幸毅打电话给客户，向对方说明要缺席之后的会议。他急忙租下一辆车子，做了些准备，并制订两种方案作为今后的计划，一种是和平谈话解决的方案，另一种则是更加粗暴的方案。为了谨慎起见，幸毅事先在五金行买齐了所有能够用到的道具。

幸毅提前抵达运动公园，确认侄女他们的进口轿车还未抵达。这边只有一个停车场，幸毅将车子停靠在能够看到停车场入口一带的位置。如果那两个人没有出现，就什么都不做直接返回。如果两个人来公园的话，他就有机会和下野莲司单独说话，心中的几个疑问或许能够得到答案。

二十年前，他为什么没有向警察说出自己所看到的情况呢？

为什么当时他会出现在镰仓？

而如今又为何要出现在小春身边呢？

幸毅没办法在小春面前直接问出这些事情，只能挑他们各自行动的时候，单独向下野莲司确认答案。若是顺利的话，幸毅想将他带去没人的大楼后面，问出上面几个问题。若是对方要钱的话，不管多少，幸毅都愿意拿出来。

太阳落下山头，周围渐渐变暗了，幸毅心中的不安不断加深。下野莲司肯定是假装失忆的吧，实际上他记得所有的事情，随时都有可能说出真相。他只是在看好戏罢了，想看看自己穷途末路的惨样。

大哥就是这种人。幸毅小时候缺乏运动，身体肥硕，因受到其他小孩欺负而深陷绝望时，大哥总是在一边看好戏。他生性如此，不过是善于隐藏性格中邪恶的一面，因而受到父母的宠爱。一想起大哥，幸毅心中就涌起浓浓的杀意。

让自己难受的人，就应该全数消灭掉。这二十年来，幸毅一直活得战战兢兢。说不定今天是结束这种生活的最后机会。

熟悉的进口轿车开进停车场，幸毅在心中坚定了想法。丢掉那个和平谈话解决的方案吧，就算残忍一点也无所谓。

幸毅远远地看着在长椅上谈笑的两人，艰难地缩起自己胖胖的身躯。他正想要找机会下手的时候，远处的两人突然分开了。

侄女离开了长椅，消失在不远处。下野莲司则朝着反方向走。不过，幸运的是，他正朝着幸毅这个方向走过来。

附近有小孩正在玩接抛球，下野莲司走过他们身边，看样子是要去厕所那边。厕所位于运动公园的一边，后面便是停车场。幸毅躲在附近的草丛里，手里紧紧攥着事先准备好的武器。刚才在观察两个人的时候，他脱下自己的袜子，用来收集脚下的沙石。只要将这个沉甸甸的东西朝着下野莲司的脑袋挥下去，就能轻松让他失去意识。若是下手的位置把握不好，说不定还会让对方丧命。不过那都无所谓了。

下野莲司在厕所面前停下脚步。他像是踩到了什么，抬起脚底想要确认。幸毅走出草丛，靠近莲司的背后，朝着他的脑袋挥下那只装满沙石的袜子。

## 二〇一九

后脑勺传来剧烈的疼痛，我从沉睡中苏醒过来。我不知道自己究竟睡过去多久，这里是什么地方呢？现在又是什么时间？我记得自己曾经进入十一岁时的身体，坐新干线前往镰仓，将小春救出来。另外，我在一片空地上发现了凶手用来逃跑的车辆，还和西园幸毅对上视线，之后逃跑时失足滚下了山坡。我最后的记忆停留在眼前天旋地转、一路滚下山坡的画面。

　　大概是发生了时间跳跃现象。我的意识脱离了十一岁时的身体，回到了原本的时代。但是，好奇怪，按理说我应该会在运动公园里的厕所边醒来。

　　我发现自己发不出声音，躺在黑暗逼仄的空间里。身下传来低沉的声音和震感，像是汽车行驶。这里好像是某辆车的后备厢，自己的手脚和身体被折叠起来，塞进了后备厢。

　　我的手被绑在身后，双脚也动弹不得。嘴里塞了类似布条的东西，发不出声音。车厢里没有光源，周围一片漆黑。由于太过闷热，我身上大汗淋漓。如果是小时候的身体，就算被塞进后备厢，空间也会更加宽敞吧。

　　自己为什么会陷入这般境地呢，我对此完全没有头绪。按理说，我应该在运动公园醒来，向旁边等候的小春报告我在二十年前见到的情况。

　　我想和小春说，二十年前杀害她父母的凶手已经死了，而主使就是她叔叔西园幸毅。

　　我前后扭动身体，想用膝盖和手肘敲打后备厢的车盖。金属制的车身坚固异常，很难撬开车盖。尝试过几次后，车子突然停下来，像是停在哪里的停车场或路边，传来开关车门的声音。

突然，有人打开了后备厢。车旁边有路灯，白色的灯光让我禁不住眯起双眼。下雨了，从空中飘下的雨滴落在我的脸颊上。一具肥胖身体的主人正向下打量着我，是西园幸毅。他和刚才远远看到的模样相比，像是衰老了二十岁。车流交错的声音传入耳中，看来车子是停在了路边。

"下野莲司，我们又见面了。"

他一脸紧张地开口，没有压迫的气势，言语间甚至带了些客气。又见面了，那上一次见面是什么时候呢？是我滚下山坡前，在车子旁对上视线的那次吗？不对，他说的应该是和小春一起吃饭时见面的事情。这段经历对我来说虽然有些久远，但对西园幸毅而言，不过是几个小时前刚发生的事情。

"我有点事情想要问你，到安静点的地方再说吧。"

一辆大卡车经过我们身边，穿行的声音震耳欲聋。我仰望着这个胖胖的男人，想要出声拒绝，却发现嘴里塞着布条，只发出了含糊不清的音调。

"你究竟是什么人？"西园幸毅困惑地发问。

我想要问他同样的问题。他和犯下恶行的男人是同伙，这一点无可置疑，可他为何要这样做呢？

"直到中午，你还是一副小狗般的可怜模样。下野小弟弟，你现在这么生气，是因为我把你塞进后备厢，还是为我在二十年前所做的事情而打抱不平呢？"

他盯着我，像是突然想起什么。

"你还记得那天的事情。不然，听到'二十年前'这个词，你不会无动于衷。就算你忘记了那天所看到的一切，可听到'二十年前'，你都不好奇我究竟在说些什么？"

他用粗壮的手指搭上车盖，随着"砰"的一声，四周又重新陷入黑暗。

车子再次启动，我能够感觉到车速的变化，以及行驶中车子发出的声音。

难道没办法告知外界自己现在的处境吗？我试着挣脱手脚的束缚，可一切都是徒劳。绑住我手脚的东西像是尼龙绳。如果后备厢里有打火机就好了，可哪有那么好的运气。

我心头突然冒出一个疑问：西园幸毅怎么会知道我就是当时的少年呢？那个时候他杀死同伙后走下车，虽然和我对上视线，可也就片刻的时间而已。当时我是个棒球少年，脑袋剃得光光的，和现在完全不一样。我长成大人，外貌肯定也发生了变化，可为什么西园幸毅会如此笃定，作为小春未婚夫的我就是当时的少年呢？

观测到的时间段结束了，接下来是白纸般未知的时间。在这个世界里，发生什么都不足为奇。说不定几秒后西园幸毅就会遇到车祸，而我也会因为卷入这场意外而死去。可直到现在，我都很安全，是因为我活下来这件事经过观测，患病死亡或受伤的可能性很低。不过，之后就说不准了。

好久没踩刹车了。车子应该是驶上高速公路了吧。雨越下越大，雨滴打在后车盖上的声音回荡在后备厢。我在黑暗中思考这辆车会开往何处，感觉像是开了好几个小时，可说不定实际上只开了一个小时。

车子开上倾斜的路面，以缓慢的速度绕过几个拐角。最后，车子终于抵达目的地，完全停了下来。驾驶座的车门被打开，紧接着车子上下摇晃，应该是西园幸毅那肥胖的身躯下了车。

后备厢被人打开，刺眼的灯光射了进来。是西园幸毅正拿手电筒照着我。

"下车。我会松开你的双脚，但你别想歪招。我可是有武器的。"

他手里握着户外用的刀子，似乎是刚买的、还没有使用过的新品，刀刃处闪耀出银光。他用刀子割断了绑住我双脚的尼龙绳。

我的双脚终于能动了。本想着立马送西园幸毅一脚，但考虑到对方拿着刀子，我打消了这个念头。如果我抵抗的话，对方肯定会刺向我。只要那把刀子刺上小腹，我必死无疑。

我的双手被绑在背后，一时起不来身。我先将一只脚跨到车厢外，用脚尖试探自己与地面的距离，然后将身体探出车外，可却不太顺利，最后摔到地面。视野变得开阔起来，我终于知道自己来到了哪里。

被雨水打湿的杂草长势正盛，对面是一栋破旧的老宅。车头灯照亮破烂不堪的墙壁，房子旁边是卷门被合上的车库。我对眼前的景象并不陌生，从主观意识上来看这里是我数小时前到访的地方。那时候我走得匆忙，没办法细细察看周围的环境，但也绝非像现在这样破败。

位于镰仓市的西园家，如今早已无人居住，完全变成一片废墟。

西园幸毅关掉车子的引擎，车头灯随之熄灭，西园家再次陷入黑暗。

"往前走。"

西园幸毅站在我身后，用小刀抵住我的后背。我只好拖着一只脚前进，虽然并未受伤，但我还是装出长时间姿势不对导致膝盖有问题的样子。

"我想和你聊聊，除了这里，我想不到其他地方。我听说这里变成了年轻人试炼胆量的地方，不过今天他们应该不会过来。下雨了，大家可能都窝在家里玩桌游呢。"

他手里握着的手电筒的光亮，将我的影子投射在玄关的门框上。玄关大门的锁在几年前就坏掉了，后来是在门把上绕上锁链，以防止外人进入，但锁链拆卸起来并不难。小春继承这片土地和房屋后，对房屋的安全问题并不上心。

西园幸毅让我退到一边，开始拆卸锁链。大门发出吱呀吱呀的声音，随后被打开了。

手电筒的灯光射入黑漆漆的屋子，客厅里积了厚厚的一层灰。西园幸毅将手电筒固定在地板上的某处。那宗惨案过后，屋子早已被打扫过，没留下任何血迹。可小春的父亲就是躺在这里的血泊中死去的。几个小时之前，我才目睹了那一幕。

“进去。”

西园幸毅催促着我进入屋子。

脱不脱鞋已经无所谓，我按照西园幸毅的指示去往走廊，手电筒的灯光照到散落在地上的玻璃碎片。几扇破碎的玻璃窗没人处理，有防雨木板的直接关上，没有的则是罩着塑料布。

我踩过玻璃碎片，继续朝着走廊的方向走。

“去餐厅那边，你应该知道位置吧？”

我不得不听从他的指令，因为他手里的刀子实在让人畏惧。虽然心中无比愤怒，但也不想冒挨上一刀的风险。现在，时间轴已经偏离观测，我对死亡的恐惧越发深。嘴巴里塞着布条，我无法顺畅地呼吸，因为太过紧张，感觉心脏快要爆炸了。

餐厅在一楼。和客厅相连的宽敞房间一角，摆放着桌椅。荒废之感扑面而来，窗帘都破破烂烂的。虽然还保留着柜子等家具，但没有几件是值钱的，大概都被小偷们搜刮走了。西园幸毅让我坐在桌边的一张椅子上。椅子是带椅背的款式，我的双手被绑在椅背上，不得不扭转腰，用一种极其不自然的姿势坐在椅子上。

　　西园幸毅用手电筒的灯光扫了一遍四周，大概是在确认我周围是否存在可以充当武器的东西。围绕在我周围的，只有散发着霉味的空气。此刻外面似乎风雨交加，狂风像笛声般咻咻作响，雨点还在滴滴答答地拍打窗户。

　　西园幸毅就站在我的背后，行将腐朽的地板似乎难以承受他的身躯，发出吱呀吱呀的响声。下一秒，我所坐的椅子被微微转到了他这边。

　　"我警告你，不要大声说话。"

　　西园幸毅撕下我嘴上的布条。我吐出塞在嘴巴里的布团，呼吸一下子变得顺畅起来。西园幸毅拿着刀子，盯着我的脸看，像是只要我出声呼喊，他就会一刀结果我。他确认我没有喊叫的迹象，舒出一口气。

　　"你为什么要做那件事？"

　　我一边咳嗽，一边怒视他。

　　"那件事？你想问的应该是我为什么要做这种事吧？"

　　"我指的是二十年前的事情，你是凶手的同伙，你还把凶手……"

　　他从口袋里掏出手帕，擦了擦脸上的汗。

　　"是的，那件事是我做的。计划是我制订的，也是我向他提议的……啊，神明啊！"

西园幸毅用手帕捂住脸，嘴里发出沉重的哀号。

"你在后悔吗？"

"不，这是我第一次和别人说这件事，我这是太开心了。"

他正在流泪，用手帕拭去眼角的泪珠。

"直到今天，我都害怕得不得了。我深陷被人告发、揭穿罪行的恐惧和孤独中。其实，一直以来我都很想向别人坦白一切。"

西园幸毅露出渴望的眼神，那副嘴脸恶心到让人汗毛直立。

"去找警察自首吧，他们愿意在审讯室慢慢听你说。"

"我可不想被警察抓到，我想在安全的状况下说出这一切。"

也就是说，他不打算让我活着走出这栋房子？

西园幸毅在地板上来回踱步，庞大的身躯看上去像是某种怪物。他每踏出一步，这栋废弃的房子就会随之颤抖。他走近餐厅旁边的柜子，翻找起其中的某个抽屉。

"那个戴着蒙面头套的男人是谁？"

"我在网络留言板上认识的。我问过他姓名，不过他给我的应该是假名字。具体的身份，我并不清楚，好像也曾犯下过类似的罪行。我将他的尸体和车子一起处理掉了，手枪也是。"

"处理？"

"这世上有那种不问详细过程、只给钱就能帮你处理的机构。啊，有了，终于找到了。"

西园幸毅转过身，胖胖的手里握着夜晚会用到的蜡烛和古老的火柴盒。他先将蜡烛放在桌子上，然后开始擦起火柴。不知道是不是因为受了潮，火柴怎么也擦不着。

"我希望你向小春道歉。"

"我是对不起那孩子，不过她父亲也不是什么好人，至少对我而言。"

火柴在摩擦的过程中折断了。他丢掉那根火柴，从火柴盒里取出另一根。然后，他将手电筒放在桌子上，照向他的手边。

"就算是这样，你也不该杀了他。"

"我知道，我犯了罪，做了会被世间唾弃的事情。"

"你去自首吧。"

火柴再次折断了。他嘴里发出啧啧声。

"大家都喜欢哥哥，而我却无比丑陋，爸妈也一直偏心哥哥。说起来，下野小弟弟，你也有哥哥。你没有遇到过这种不公平的情况吗？"

他是什么时候知道我有哥哥的？中午吃饭的时候，我们或许提起过家人的话题，不过现在我完全不记得当时说过什么。对他来说，可能只是几个小时之前，对我来说却是久远的回忆。

西园幸毅终于点燃了手里的火柴。他小心翼翼地保护着那簇火苗，终于顺利点燃了蜡烛。和手电筒的灯光相比，蜡烛的火光显得有些微弱，却带来抚慰人心的温暖力量。他一脸满足地开口说道：

"下野小弟弟，你和你哥哥的感情看上去很好，真是让人羡慕呀。而我，却要看着哥哥的脸色度日，详细情况我就不细说了，提那些也没什么意义。不过，只有一个……"

他隔着桌子和我相对坐下。蜡烛的火光从正面照亮他的脸庞，散发出淡淡的橘色光芒。他有着大象般温和的双眸，此时正陶醉地看着蜡烛的火苗。

"中午吃饭的时候，我说过自己曾喜欢过一个女孩，你还记得吗？我一直都没敢对她表明心意。对方是个明朗可爱的女孩，即便对象是我，她也能平等地对待我。她是哥哥的下属，哥哥明知道我喜欢她，还是和她发生了关系。明明哥哥已经结婚，还生下了女儿。最后，她精神出了问题，回到老家后没多久就自杀了。"

冷风从窗户的缝隙中钻进屋内，蜡烛的火苗左右摇摆。映射在墙壁上的巨大阴影膨胀起来，笼罩住墙壁和天花板。

"怎么样，你觉得这个故事是真的吗？说不定是我随口编的哦。"

我不知道。如果这是事实的话，我不禁有点同情西园幸毅。

不过，即便如此，这也不是他杀害小春父母的理由。

"这次换你来说吧。那一天，你为什么会在那里？"

"有人在叫我……"

我的声音紧张到颤抖，可还是要将这段话说下去。只要我继续说话，他应该就不会伤害我。他打算杀了我，才会告诉我各种事情。一旦没有继续交流下去的理由，就轮到他手中的刀子亮相了。现在我能做的，就是尽可能地将那一刻往后拖延。

"小春在叫我，希望我去救她。她的祈祷传达给我了。"

"祈祷？"

"你刚才嘴里也嘟囔着神明吧，恐怕是小春的祈祷跨越时空，将我带到了她身边。"

"怎么可能？"

"我知道那天西园家会发生的事情。虽然没能力阻止一切，但是我能救出小春。"

西园幸毅一只手拿出手帕擦汗，另一只手藏在桌下，想必正握着那把刀子。

我改变了姿势，歪着身子实在是太难受了。

"这样啊，虽然难以置信，但只能这么解释了。毕竟你出现在那里，太令人费解了。原来是那孩子的祈祷……"

我的意识飞跃二十年，或许不是因为气候异常，也不是因为被打到头，而是小春的祈祷带来的奇迹。现在我都想要相信这个说法了。

如此超乎现实的解释，如果他是个正常人，应该对我的话嗤之以鼻，说不定还会勃然大怒。不过，令人意外的是，他竟然平静地接受了我的解释。

"纯粹的祈祷带来的奇迹，如果是这样的话，那也是没办法的事情。这种情况是有可能发生的，因为我是个浪漫主义者。不过，还有一点我不能理解，你为什么不把看到的一切告诉大人呢？"

"我失忆了，跌下山坡时撞到了头。直到被你绑到这里，我才想起来这一切。"

他用手帕捂住脸，笑出声来。我不明白哪里好笑，只觉得他的笑声中带着疯狂。庞大的身躯痉挛般震颤不止，身上的赘肉也随之抖动起来。

"太可笑了，过去我一直都在害怕你去找警察，所以躲到国外不回来。为了逃脱追捕，我不得不在远离故乡的土地上生活，每天都沉浸在惶恐不安的情绪里，还曾经好几次在噩梦中惊醒。可没想到的是，你竟然什么都不记得了。说到底，我畏惧的不过是一个虚影罢了。"

他的眼神涣散，失去了焦点，其中一只眼睛耷拉下来。或许是烛光摇曳，导致阴影发生了变化，一切说不定只是我的错觉。

"够了，够了，我终于可以睡个好觉了，再也不用担惊受怕地回到日本。"

他这样说着，将握着刀子的手放到桌上。崭新的刀刃在火光的照射下闪闪发亮。

只要再拖延点时间就行。还能说点什么呢，我心中焦急万分。

还需要一点时间，虽然不知道是几分钟，还是数十秒。

"我有问题想要问你。"

不管三七二十一，我决定先向西园幸毅开口。

"你怎么知道我就是二十年前的少年？我和你对视的时间只有那么几秒钟。"

"是名字。结婚申请书上不是写了你母亲的名字吗……"

"我母亲的名字？"

"你当时不是丢了皮夹吗，那里面有你母亲的驾照，我记得那个名字。"

他是指我贴在肚子上的长夹吗？我以为是丢在了哪个地方，没想到是被他捡走了。

"我至今所受的各种苦，现在都在脑海中苏醒了。如今我终于能从这种不安中解脱出来，二十年了，我终于可以睡个好觉了。"

庞大的阴影缓缓站起来，我不禁感到毛骨悚然。他的眼神晦暗不明，往前踏出一步，朝我逼近，地板因承受不住他的重量而凹陷进去。

我要赶紧想办法多争取点时间，就在这么想着的时候，突然一切没了必要，因为绑着双手的尼龙绳终于被割断了。

用来割断绳子的玻璃碎片，原本粘在我的鞋底，我趁着和西园幸毅谈话的时候，摸下来那块玻璃碎片，用玻璃片的尖端抵住尼龙绳，不断摩擦想要割断它。我曾好几次来过这栋废弃的屋子，所以很清楚走廊那边散落着玻璃碎片。从后车厢移动到废屋的时候，我为了不让脚底的口香糖粘到其他东西，一直费力拖着那只脚行走。如果顺利的话，我可以利用在运动公园踩到的口香糖，粘起玻璃碎片以备不时之需。我将希望寄托于此，用力踏上地板，终于赌赢了。

西园幸毅并未注意到我解开了绳子，不断朝着我逼将过来。我没打算和拿着刀子的他对峙，接下来我要做的就是逃离这里。只要用力朝前跑，拉开与西园幸毅之间的距离，剩下的事就交给警察吧。长时间被塞在后备厢，我的膝盖有点痛，但还不到跑不动的程度。

"东北大地震的时候，灾情应该很严重吧，你的老家应该也受到了海啸的袭击。"

西园幸毅庞大的身躯绕过桌子，向我逼近。他的身躯像是一座大山，嘴角带着微笑，脸颊隆起，烛火映射出的阴影清晰地勾勒出他五官的轮廓。

"我去过你老家的那个小镇，远远地观察过你家。那本驾照上有住址，想要找到你太容易了。我曾经想除掉你这个目击者，最后却功亏一篑。我只尝试过一次，之后就逃去国外了。"

我没能马上理解西园幸毅说的事情。

"我没记错的话，应该是在一九九九年的夏天。"

那一年发生的事情，我无论如何也不会忘记。

我突然理解了他说的话，明白他到底对我做了什么。

## 一九九九

西园幸毅调低车内的空调温度，眺望着车外的田园风光。这是沿岸地区自古就有的住宅区。他发现了自己想要找的屋子，便将车子停在稍远处的路边。如果停太久引起别人注意的话，到时再移到其他地方就好。

副驾驶座位上摆着女性用的长夹和驾照。这本写着"下野加奈子"的驾照上记载了住址。这个住址处是一栋二层木制房屋。幸毅拿起望远镜，从驾驶座上确认屋子的门牌号。过了一会儿，一个女人走出玄关，开始打扫。幸毅确认对方就是驾照照片上的人。

二楼的窗边晾晒着衣服，幸毅通过衣服推断出这家应该是个四口之家，由屋主夫妻加上两个小孩组成。

两个小孩都是男孩，大一点的应该在上初中或高中，小一点的应该是小学生，其中一个约莫是在打棒球。晾衣竿上的棒球服，正随着风来回摆动。

在镰仓和他对视的少年，会是这家的小孩吗？幸毅对此感到不可思议。住在宫城县的少年，却出现在神奈川县镰仓市，这一切都太出乎意料了。警察似乎也没有查到少年的身份。

这家的小孩叫什么名字？只要试着问问附近的邻居，说不定就能知道，不过幸毅有些担心。

他胖胖的身躯实在太过惹眼，还是尽量待在车里比较好。幸毅希望避免引起别人的注意，最后能静悄悄地离开这个小镇。

不久后，一个男孩从屋里走出来，不过他并不是幸毅要找的少年。男孩的身量更高些，头发也更长，还戴着眼镜。男孩似乎要出门，只见他从车库里推出自行车，迅速离开了。

接着，幸毅无聊地待了一会儿后，又有一个男孩出来。他一眼认出这是自己要找的少年。对方留着符合棒球少年形象的平头，看上去身手敏捷。他穿的不是棒球服，大概是今天不用练习吧。兴许是要去附近玩耍，少年骑上自行车就离开了。幸毅发动车子，悄悄跟上少年。

田地附近有条直路的交叉路口，幸毅在那边开车撞向少年。他加速从后面撞上去，随着车身传来轻微的撞击感，少年的身体和自行车飞了出去。少年的肩膀重重摔向地面，落到地上。他死了吗？为了确认这一点，幸毅放慢车速，停在少年的身边确认他的情况。

看上去还活着，他的血液在路面上扩散开来。如果就这样放着不管，他肯定会死的。怎么办？还需要再撞一次，彻底结束他的性命吗？

不过，有必要杀死他吗？

不，还是有必要的。那一天，这个少年看到了自己所做的事情，三个月来没有通知警察说不定是一时的害怕，要在他说出一切之前让他彻底闭嘴。一旦他说出事实的话，警察就会立刻将幸毅定为头号嫌疑人吧。

一阵尖叫声传来，有人在不远处的水田耕作，听到车子撞向少年的声音，正打算往这边来，幸毅不得已只能逃离现场。

为了尽可能避免凹陷的车身招来嫌疑，幸毅事先调查好了人流较少的道路。在开车过程中，幸毅将一切情绪都发泄在方向盘上。

之后，只要少年在救护车赶来前断气，那就万事大吉了。可看刚才的情形，幸毅觉得少年应该不会死了。

该去调查少年被送去哪家医院，然后确认他的情况吗？

不，还是算了。幸毅只想早早离开这片土地，杀死目击者的尝试，他并不准备多来几次。本来就只想试一次，失败就算了。

幸毅将车子开到山里的僻静餐厅，提前约好的工作人员已在那里等候。幸毅将车子交给他们，开着另一辆车返回东京。这些人是幸毅透过非法渠道找来的汽车销毁人员，他们应该不会去告诉警察，但他还是不能完全放心……

## 二〇一九

"那之后不久，我就离开了日本，逃去了国外。"

西园幸毅又朝我逼近了一步，脸颊和小腹的赘肉上下抖动。他看向我，露出满足的神色。

"看来你听懂我说的话了。"

我感觉到血液从脸上退去，大脑恢复了冷静。不过，这只是一瞬间。一股像是要撕裂我胸口的情绪涌上心头，我用尽全身力气拼命吼出来，炙热的恨意支配了我的大脑。

撞到我的司机逃逸了。家人和警察面色凝重地告知我这件事。可是，当时我并未深究司机的身份，因为我以为这不过是场意外，是我无法逃脱的命运。神明早就写好了剧本，该发生的事情终究无法避免，我只能向命运低头。然而，这场意外却与二十年前的惨案相关，我的肩伤、被迫放弃的棒球梦想的痛苦，这一切都不是神明的旨意，而是眼前的这个人带给我的。

我的身体可以动了。我踢开椅子站起来，向着西园幸毅抡起拳头。在我的右手击中他之前，西园幸毅瞪大了双眼，这才发觉到我已经挣脱了束缚。

我的拳头陷入对方包裹着厚厚脂肪的侧脸。由于受到冲击，他脸颊的肉不停地颤动，脑袋转了半圈。这出其不意的攻击完美地成功了。

视线的尽头，有什么东西照射出烛光，西园幸毅握着刀子，朝我胸口刺过来。我扭转身体，刀子割破我的衣服，划过我的小腹。

西园幸毅后退半步，与我拉开了距离。他看了看被我击中的地方，怒视着我。那双像是大象般温和的眼睛已经消失不见，取而代之的是高高吊起眼角、露出不属于人类的骇人眼神的眼睛。那狰狞的表情让他脸上的肥肉都堆在一起，挤压得双眼眯成一条细缝。

我一路向前攻击，不再害怕对方的刀子。此刻，我的心中只有无法压制的怒意。

眼前的这个人是我的敌人。迄今为止，我都是为了帮助小春报父母之仇而行动，可现在一切都发生了改变。眼前的这个人，就是我拼尽一生也要复仇的敌人。

我将全身的重量都灌注在肩膀，想要将西园幸毅撞倒在地。可没想到，这个动作只让他的身体微微晃动一下，那具庞大的身躯轻易地化解了我的重量，自己仿佛在和一头巨大的牛对峙。

他用膝盖攻击我的小腹，我顿时呼吸不稳，无法动弹。

我感受到刀子的威胁，看见他投射在墙壁上的影子轮廓。我急忙低下头，想要逃到桌子下面。他伸手想要将我拽出来，我慌忙逃到另一边，四周突然陷入黑暗，好像是蜡烛熄灭了。与此同时，我感觉头顶的桌子被人挪开了，伴随着巨大的轰鸣声，桌子倒在一旁。是西园幸毅。

屋子里不见任何光亮，我在地上匍匐前进，想要和西园幸毅拉开距离。这里是餐厅与客厅的连接处，我向着以前放置沙发和电视的地方移动，调整自己的姿势。

西园幸毅庞大的身体与黑暗融为一体，我不知道他在什么地方。不过，想必对方此刻也有同样的苦恼吧。放在桌子上的手电筒，不知滚去了哪里。

激烈的动作让我们呼吸困难，黑暗中能够听到两个人的喘息。我将身体贴近客厅的墙壁。

我稍微冷静下来，首先要考虑的是如何活下来。

向玄关那边移动，然后逃离这里。若是赤手相搏的话，我很可能会小命不保。

我在地板上摸索，找到疑似餐具的碎片。我将碎片抓在手里，用力扔向客厅深处。碎片像是打到了墙壁，发出清脆的响声。

地板的吱呀声向着响声源头远去。

我立刻朝着反方向移动。以我的体重，即便贴着地板移动，也不会发出声响。只是，明明让我的棒球梦破灭的真凶就在眼前，我却什么都做不了，只能无奈地撤退。虽然想要正面痛殴对方，可凭借我自己的力量，无异于以卵击石。

不知何时，外面的雨歇了，微风吹散重叠的乌云。

月光洒进屋里，窗外变得亮堂起来。我的双眼渐渐适应了黑暗，隐隐约约可以看清屋内的情况。西园幸毅庞大的身躯从幽暗的深处现出轮廓，估计对方也能看到我的影子吧。我身旁是一扇巨大的玻璃窗，一旦屋外变亮的话，我就会无所遁形。

"找到你了。"仿佛下一秒西园幸毅就要说出这句话。

在一片静默中，巨大的身影逼近我，将想要逃走的我撞倒在地。这份冲击力将我们推向玻璃窗，一齐飞向屋外。

我摔进水坑里，溅起一阵水花。玻璃的碎片散落在周围，头顶是雨后放晴的夜空。刚才的冲击让我一时站不起身来。

月光下，西园幸毅那庞大的身躯朝我走来。虽然脚底不稳，但他似乎并未受伤。他看了看自己的双手，像是在寻找着什么。原本他握在手里的刀子不见了，大概是刚才从玻璃窗撞到外面的途中丢失了。

我忍不住疼叫出声，他立刻靠近我，抬腿将我的左脚踩进水坑。他将全身的力量压在我的脚上。我感觉自己的骨头要碎了，宛若火花飞舞般的疼痛直冲大脑，我痛得几乎昏厥过去。

"这下你就逃不了了。"

就在意识模糊之际，他的这句话隐隐约约传入耳中。

好可怕。我在泥土中摸索着，试图从西园幸毅脚下逃走。他绕到我前面，低头看着我。

"你这是要去哪里啊？"

我转变方向，努力挣脱对方的魔爪。我感到头晕目眩，眼前的世界变得扭曲起来。刚下过雨，地面泥泞不堪，我挣扎着前进，拼尽力气想要逃离，离西园幸毅这个魔鬼越远越好。我全身都疼，脑袋就像灌入熔化了的铁般滚烫，耳边的血管一跳一跳地疼。

西园家的房子就在眼前。破碎的玻璃窗旁边是一面墙壁。我脸上满是泥水，像是一条虫那般在地面蠕动。

正如西园幸毅所说，靠这条腿我哪里也去不了。我已经无处可逃了。

西园幸毅在后面慢慢跟着我，用脚尖狠狠压向我断掉的脚踝。

我挤出肺中的空气，艰难地维持自己的意识。他似乎在说些什么，可我一句也听不见。

不知从何时起，我开始流鼻血。鼻血和泥水混在了一起。

西园幸毅一边踢我一边喊叫。我没法做出任何回应，就连听清他的话都做不到。对方那庞大的身躯上，肥肉正在微微抖动着。西园幸毅从上方俯视我。

我终于爬到西园家的外墙边。墙壁下面是混凝土的地基。我沿着外墙爬，那里有空调的外机。我伸手摸向墙壁与外机之间的缝隙，里面堆积了一层雨后潮湿的泥土。

我怀揣着一丝期待——我将二十年前那宗惨案的资料全都深深铭刻在脑海里。不过，那些资料里并未记录下眼前这个情况。不知道是警察的现场鉴定人员遗漏了，还是他们发现了，但认为与案件无关，所以没有记录下来。不，或是年幼的小春并没有将这么细微的事情告诉大人们。警察重点查看了尸体周围的区域，可能就忽略了这边。如果是这样的话，那么冰锥应该还在这里。

从我的主观意识来看，我还记得几个小时之前的事情。我在和凶手的打斗中，不慎丢失了冰锥。凶手将冰锥丢到书房外面，我只能眼睁睁看着冰锥滚到一楼外墙的空调外机上，掉进墙壁之间的缝隙。

有了，在空调外机和墙壁的缝隙之间，我摸到一个棒状的东西。冰锥在这二十年间并没有被腐蚀，握柄上连着长长的尖刺。

我抽出手臂，转头看向西园幸毅。我抬起上半身，扭转身体用冰锥刺向对方的小腹。冰锥的尖端刺中西园幸毅圆圆的肚子，刚好是肚脐附近的位置。我感受到对方的抵抗，但在体重的压迫下，冰锥终于一路直进，最后只留下握柄部分露在体外。

时间好像静止了。我抬起头看西园幸毅的表情，只见对方露出呆滞的神色。我还紧紧握着冰锥的握柄，看起来就像是我握拳抵住了他的肚子。

他的表情扭曲了，发出震耳欲聋的哀号。我拔出冰锥，西园幸毅捂住肚子，身体不停地颤抖，像要吐出来。

他宛如要与我决斗似的，朝着我的脸挥出如岩石般坚硬的拳头。要是挨上这一拳，我估计会立刻昏倒在地吧。

我单腿撑起身体，再次将冰锤刺向西园幸毅。但是一时没有稳住身体，冰锥偏离方向，直直向西园幸毅的脸庞刺过去。

如金属般坚硬的声音响起，好像是冰锥的锥头部分折断了。

西园幸毅的拳头擦过我的脸颊，我霎时间松了一口气。不过，我手中只剩冰锥的握柄，接下来就听天由命吧。

我精疲力竭地倒在地上，再也没有力气做出任何反击。

西园幸毅低头看向我，屈膝跪在我的身侧，用双手掐住我的脖子。我没有力气反抗，只能任凭对方不断收紧双手。

然而，没过多久，西园幸毅的双手渐渐松开，鲜血从他的鼻孔中流出来。随后，他的身体缓缓倒了下去，最后伴随着晃动的肥肉，倒在一片泥水里。后来，我听说是冰锥折断的部分，从他的鼻孔一路刺进了眼球后方，直到大脑。

# 尾声

## 二〇一九

 少年挥棒的瞬间，发出"砰"的一声，清脆的声音响彻碧空。棒球高高飞起，宛如被吸入云端，真是一记振奋人心的全垒打。垒丘上的少年们一一返回本垒，而击出全垒打的少年则闲适地绕着棒球场跑了一圈。

 担任投球手的少年低着头，我不禁将自己投射到他身上。对棒球尚不熟悉的时候，我也曾像他这样被对手送上一记全垒打。

在住院期间，我觉得无聊，让哥哥帮忙申请外出，得到医院许可后，便坐着轮椅出了病房。我的左脚还打着厚厚的石膏，只能先在医院里闲逛。旁边的小学操场上正在举办少年棒球赛。我们便隔着铁丝网观看比赛。

投球手用三振击压制住击球手。趁着攻守交换，哥哥取出平板电脑。

"对了，给你看看这个。"

"我听小春说过，你可别干这种事情。"

屏幕上出现我和小春的照片，包括我们在喷泉边说话的画面、去晴空塔游玩的画面，不过对于这些我都没有任何记忆。不对，应该是在我的主观意识里，这些事情都太过久远，记忆变得稀薄。虽然画面上的人是现在的自己，身体里装的却是十一岁的意识。

"虽然距离很远，但你的表情和动作看起来很慌乱哦。"

"可能吧，毕竟我当时还小。"

照片的背景是漫天飞舞的白色绒毛。现在我开始怀念起那时的光景。如今，我们不用担心晾衣服时会沾上蒲公英的绒毛。人们还是没有找到蒲公英大量出现的原因。我忍不住想，是不是在天空的某个角落，有一条能够穿越时空的隧道，蒲公英就是乘着风，从隧道的彼端飘到了这个世界。

我滑动平板电脑，突然发现我和小春接吻的照片，立刻点击了删除。不过，看哥哥不为所动的样子，想必他早早就做了备份。

"小春可开心了，还让我拷贝一份给她。"

哥哥说完这句话，我们都陷入了沉默。

"真希望小春能早点好起来……"

棒球"砰"的一声飞上蓝天，外侧的男孩飞奔过去接球。我将平板电脑还给了哥哥。少年们在阳光下闪闪发亮。他们拼尽全力追逐棒球的画面，让人胸口涌起无限热情。

"哥哥。"

"怎么了？"

"我们赚了不少钱，奖励时间已经结束了。你应该知道差不多到时候了吧。"

"我正在考虑将公司关掉。毕竟现在已经不在你的笔记本记载的时间范围了，没办法像以前那样无往不利，所以我也准备结束了。之前你说的那件事差不多了，接下来就差签约了。"

我拜托哥哥帮我买点东西。因为需要办理法律上的手续，同时也需要准备合约。我提供投资信息，让哥哥大赚一笔，除了为东北大地震做准备，还有一个目的。

我买下了电影《蒲公英女孩》的所有权。小春父亲死后，电影和公司落入别人手中，我想将电影买回来送给小春当作礼物，因为这部电影是小春父母参与制作的重要作品。

"哥哥，谢谢你。"

和拥有这部电影所有权的公司来回周旋，肯定费了不少工夫。西园幸毅对他哥哥抱有嫉恨，我对哥哥则是充满感激。

"别客气。啊，忘了，这是给你的手表。"

"手表？"

我一时不明白他在说什么。哥哥从上衣口袋中掏出眼熟的手表。

"啊，原来是我被抢走的手表。"

十月二十一日，我坐在长椅上的时候，被人从背后袭击头部。根据小春的回忆，袭击我的应该是三个年轻人，他们偷走我的钱包和手表后便逃离了现场。这件事成为我的意识飞跃回少年时代的契机。

"手表找回来了。"

"我没想到还能找回来。"

由于事先知道自己的手表和钱包会被人抢走，所以我准备的都是便宜货。

"不过，钱包还没找到，手表是在市内的当铺找到的。通过店内的监控记录，目前警方已经锁定了其中一名年轻人，应该很快就能找到剩下的两个人。其余的事情就交给警察吧。"

我戴上曾经被人抢走的手表。虽然是便宜货，但银白色的厚重表身颇具高级感。戴在手上的时候，我能够感觉到冰凉的金属触感和沉甸甸的分量。

我将手表放在耳边，听见秒针嘀嘀走动的声音。时间匀速地前进，从过去流动到未来，不曾停歇，就好像世界从未出现异常。

观测到的历史已经结束，我的人生回到了正常的时间轨道。我聆听着秒针的转动声，脑海中浮现出人生的几个瞬间。

在十一岁时的短短一日内，我看到了未来世界的一隅。我遇见西园小春，因为右肩受伤而深深陷入绝望，知道自己即将变成父亲。

　　我回到原本的时代，哥哥参考写着有利情报的笔记本，开始进行投资。

　　我和西园小春再次重逢，为了找到二十年前惨案的凶手而制订计划。

　　一切都那么短暂，却又那么漫长。

　　"接下来，你打算怎么办？"

　　"当然是复健啊。"

　　"也是。"

　　投球手投出的棒球，发出清脆的响声，随后落入了捕球手的手套。比赛结束，裁判宣布结果。


　　虽然我杀死了西园幸毅，不过法官判定为正当防卫。可是，我偶尔还是会梦到当晚的情形，从床上惊醒时全身是汗，心脏怦怦直跳。警察不停地找我谈话，询问事情的经过。在警察询问的时候，小春都待在病房外的走廊。

　　最近，小春时常露出忧虑的神色，似乎并没有为抓到真凶而开心。深深信任的叔叔背叛了自己，这对小春造成了沉重的打击。此外，从我住院以来，她一直在医院照顾我，可以说是身心俱疲。有时候我说服她回家休息，没必要一直守着我。

关于西园幸毅的犯罪动机，我决定暂时对小春保密。小春十分仰慕自己的父亲，如果知道这一切都是她父亲种下的因，估计她会精神崩溃吧。我打算过段时间再向她坦白一切，现在绝不是好时机。

那天晚上，是小春叫来的警察和救护车。当时，她已经找了我好几个小时。在哥哥拍下的照片中，她意外发现叔叔也在运动公园。于是，小春疯狂地给叔叔打电话，可西园幸毅压根不理会，还将自己的手机留在了租来的车子里。

西园幸毅掉进水坑里不再动弹后，我虽然快要失去意识，但还是隐约听见了车里传出的手机铃声。我拼命爬到车旁，找到手机，看到屏幕上显示出的小春的名字。之后我的记忆便是模模糊糊的，我似乎是按下了通话键，对着电话说自己在镰仓，然后便失去了意识。

估计小春当时吓坏了，好不容易打通叔叔的电话，接电话的却是气若游丝的我。

我被紧急送到镰仓市的医院，等到恢复意识后，我将一切告诉了小春。刚开始小春还不想相信，连说这里面有什么误会，可最后她还是接受了事实。


我可以拄着拐杖行走后，曾让小春陪我到医院的顶楼。那一天风很大，晾在外面的白色床单随风翻飞。

医院坐落在山坡上，能将山脚的城镇风景尽收眼底。我靠着顶楼旁边的栏杆休息，左脚上的石膏沉甸甸的，于是我放在地上，只要不碰到就不会感觉痛。

"莲司。"

"怎么了？"

小春从皮包里抽出一张纸，是那张结婚申请书，上面写着我们的名字。证婚人栏上也签好名，还是在餐厅请西园幸毅签名的那一张。

她慢慢将手里的那张结婚申请书撕得粉碎。

"小春小姐？"

我平时都叫她的名字，可这次因为太过吃惊，不自觉加上了尊称。她继续将那张结婚申请书撕成更小的碎片。

不过，我也能理解她。毕竟证婚人栏里写的是杀人犯的名字，总感觉不太吉利。此外，更重要的是，他已经死了，能否作为申请书的证明人尚且还是个问题。如果将申请书交给政府机关的话，他们说不定也不会接收。所以，小春撕掉它也并不为过。

"我最近一直在想要不要这么做。"

小春从顶楼撒下手中的纸屑。纸屑随风而去，飞往天边，随后便消失不见。她露出快要哭了的表情，转过头来看我。

"对不起，我一直给你添麻烦。就连你遇上车祸，也是因为我。每当想到这里，我都觉得对不起你。"

"小春，这并不是你的错。"

"莲司，如果你不来救我，说不定还能继续打棒球。"

我把西园幸毅开车撞我的事情告诉了小春，这才让她陷入自责的情绪。

"其实，莲司，我想过从你生命中消失。"

"小春，你说什么，那我们的孩子呢？"

我望向小春的肚子。她虽然怀孕了，但小腹还很平坦。

微风拂过她的发梢，几缕发丝贴在她的脸颊。

"我想把孩子生下来，一个人抚养他长大。不过，这样对莲司你来说太残忍了。自己的亲生孩子生活在世界的某个地方，你一定也不希望这样吧？所以，我想还是不生下来比较好。我想去做人工流产。"

据说怀孕时间不足二十二周的话，医院允许做人工流产。可我以为那种事不会和我们有关。

此刻，小春的肚子里有我们尚未成形的孩子。我一直笃信孩子会顺利来到这个世界。可是，现在她却说要拿掉孩子，她说的这个决定，意味着我们的孩子会死。

我努力维持住冷静的表情，心中却慌乱得不得了。

在十一岁的时候，我曾窥见未来世界的一角，知道自己将会成为父亲。虽然刚开始我充满不安，但随着年纪渐长，我心中的不安转变成了欣喜。

未曾谋面的孩子，代表着还没见过的未来。

"现在我能自主地选择未来，那么经过观测的历史已经结束。接下来，我也可以选择不生下这个孩子，和你走上不同的人生道路。"

小春看上去十分憔悴，虽说怀着身孕，可她的身形竟比以前更显清瘦。

曾经瞥见未来的我，一直以为自己知道结婚对象是谁，以及会在何时当上父亲。过去，我还因为自己的未来被神明擅自决定，心中一度感到郁闷不已。

然而，没想到观测过的历史结束，一切竟会这般迅速地走向崩溃。

我曾经感觉不安，是因为我不知道自己是否真心爱着这个名叫西园小春的女孩。我害怕和她发展成恋人关系并非自己真心实意的选择，而是屈从于神明旨意的行动。

不管自己怎么样，最后都会发展成被观测到的未来。我怀疑自己是否真心想和小春在一起。

不过，现在我不再怀疑了。我坚定地摇了摇头。

小春一脸诧异地看着我。

"虽然我还没和你说过，但神奇的现象还在继续。就算没到意识往返过去和未来的程度，但只要我闭上眼睛，就好像可以隐约见到未来。说不定，我拥有了预见未来的能力。"

"你在骗我吧？"

"我没骗你。你看，就像这样。"

我闭上双眼，眼眸合上的瞬间，视线里变得一片漆黑。

我集中意识，凝视着黑暗的彼端。

"啊，我能慢慢看见了。刚开始是一片模糊，但渐渐地出现了轮廓。只要这样做，就能看到稍近一点的未来。要说是什么样的未来，那是我和小春正坐在沙发上看电视——

不，不只是我们两个人，中间还有个小不点。我们应该已经结婚了，小不点的数量说不定还会变多，不过现在还看不太清楚。虽然不知道是男孩还是女孩，但我们一家看上去很幸福。这样美好的未来，我看见了。"

也许每个人都有这样的能力。

只要闭上双眼，想象自己期待的未来，它就能成真。

我们会迎来幸福，组建起幸福家庭。

只要抱着强烈的念头，然后说出口就行。世界一定会朝着你期盼的方向发展。

在尚未观测的未来，任何事情都有可能发生，我们所期盼的未来，一定会到来。

我小心翼翼地睁开双眼。

小春捂住脸庞，流下泪来。

**参考书目：**

《蒲公英女孩》罗伯特·富兰克林·杨 著　伊藤典夫 译（河出文库）


**合作：**

REALCOFFEE ENTERTAINMENT

图书在版编目（CIP）数据

蒲公英的约定 /（日）中田永一著；古月译 . -- 北京：中国友谊出版公司 ,2024.6
ISBN 978-7-5057-5811-7

Ⅰ . ①蒲… Ⅱ . ①中… ②古… Ⅲ . ①长篇小说 - 日本 - 现代 Ⅳ . ① I313.45

中国国家版本馆 CIP 数据核字 (2024) 第 010222 号

著作权合同登记号 图字：01-2024-0768

| | |
|---|---|
| 书名 | 蒲公英的约定 |
| 作者 | ［日］中田永一 |
| 译者 | 古月 |
| 出版 | 中国友谊出版公司 |
| 发行 | 中国友谊出版公司 |
| 经销 | 新华书店 |
| 印刷 | 三河市中晟雅豪印务有限公司 |
| 规格 | 889 毫米 × 1194 毫米　32 开<br>8.5 印张　134 千字 |
| 版次 | 2024 年 6 月第 1 版 |
| 印次 | 2024 年 6 月第 1 次印刷 |
| 书号 | ISBN 978-7-5057-5811-7 |
| 定价 | 52.00 元 |
| 地址 | 北京市朝阳区西坝河南里 17 号楼 |
| 邮编 | 100028 |
| 电话 | （010）64678009 |